U0797178

BLACK SWAN | 黑天鹅

为 人 生 提 供 领 跑 世 界 的 力 量

BLACK SWAN

曾经，我爱过一个少年

Once Loved

/ 陆小寒 著

中國華僑出版社

图书在版编目（CIP）数据

曾经，我爱过一个少年 / 陆小寒著. —北京：中国华侨出版社，2015.10

ISBN 978-7-5113-5697-0

Ⅰ.①曾… Ⅱ.①陆… Ⅲ.①言情小说－小说集－中国－当代 Ⅳ.①I247.7

中国版本图书馆CIP数据核字（2015）第235827号

曾经，我爱过一个少年

著　　者：陆小寒
出 版 人：方　鸣
责任编辑：芷　晴
经　　销：新华书店
开　　本：889mm×1194mm　1/32　印张：9.5　字数：195千字
印　　刷：北京鹏润伟业印刷有限公司
版　　次：2015年11月第1版　2015年11月第1次印刷
书　　号：ISBN 978-7-5113-5697-0
定　　价：36.80元

中国华侨出版社　北京市朝阳区静安里26号通成达大厦3层　邮编：100028
法律顾问：陈鹰律师事务所
发 行 部：（010）82068999　传真：（010）82069000
网　　址：www.oveaschin.com
E-mail：oveaschin@sina.com

如发现图书质量问题，可联系调换。质量投诉电话：010-82069336

目录

1 Chapter

I want you

目 录

Chapter 2 I need you

目录

I love you

3 Chapter

目录

Chapter 4 I miss you

Chapter 1

I want you

深爱一个人的短暂机缘和深深了

解一个人的漫长情谊，若是你，

愿意得哪一样？

·那一年的北京美得像北平·

我们气象峥嵘地爱过，也偃旗息鼓地败北。

2009年的时候，我和江东在北京，最穷的时候，冬天那么难熬，我们所拥有的一切，不过是一张薄薄的电热毯，一台300瓦的取暖器，一人一台旧笔记本电脑。我缩在床上，他蜷在二手市场买来的旧沙发里，舍不得点灯，就着取暖器明黄的光，手指像飞奔的马蹄，嗒嗒嗒地写着几乎卖不出钱的剧本。

我们还有一口烧蜂窝煤的炉子，到了饭点的时候江大厨就要出马，切一棵水灵灵的大白菜，放几片腊肉，再下两把面条，搁两个鸡蛋，捞出来滋溜滋溜吃得倍儿香。日子是真的苦，好在年轻，又是在北京，皇城底下，穷也穷得底气十足。

冬天快过去的时候，江东买了一块抹茶蛋糕，上面插一根蜡烛给我过生日，二十四岁，我嘴里含着甜蜜的蛋糕仰着头向我最爱的人许愿。我说："我希望有一天可以住上有暖气的屋子，每周有蛋糕吃，每天都可以见到你。"

他把手搭在我的脑袋上，学上帝老头儿说："我知道了，不久就会实现。"

我踮起脚，吻了吻他的额头。

那时候很多事都能令我们快乐，比如一个早春午后，阳光好得把所有在胡同里冬眠了几个月的人们都晒了出来，大家像晒棉被一样舒服地晒着自己。我和江东混迹其中，用我们的白菜腊肉汤面换来了一个小模特的曲奇饼干和一个内蒙古画家的红茶。我记得那是一个非常愉快的下午，我和江东在温暖的阳光里懒洋洋地望着彼此，手里捧着红茶，再吃一块香香的曲奇，忘记了寒冷和贫穷，以及生命里所有的冷眼。天空晴朗而高远，槐树像老人一样慈祥，鸽子在檐上扑棱一下飞走了，沙尘暴还没有来。这样的春天美好得让人忘乎所以。

那个春天结束的时候，我放弃了写剧本，成功应聘，在一个法国人开的外贸公司当翻译。我们趿着人字拖去秀水挑了一套看上去很不赖的正装，还下了次馆子小酌用来庆祝。散步回来的路上玩踩影子的游戏，走走停停也拉开了一段距离。江东站在原地等我，冲我喊："赵朗，好好干。"

我说："江东，你也是。"

起初工作的那几个月我们的生活温馨而井然有序，每天早晨我都可以带一个江东连夜做好的便当去公司，穿戴整齐后拎着高跟鞋再悄悄地折回来，江东还在睡觉，但会迷迷糊糊地亲我一下。

下班回来倒两班地铁，虽然饿得饥肠辘辘，可是一推开门就会有可口的饭菜等着我。吃完晚饭我们会在胡同里遛弯儿，江东和我讲一讲他新写的东西，我会说公司里的八卦作为交换。

每个月我们会去小剧场看几次话剧，在麦当劳吃一个巨无霸然后睡眼惺忪地坐在末班地铁上，我的脑袋不停地低下去，江东眼疾手快地捧住，把我抱在他怀里睡。

那时候我们是那么快乐。2010年的冬天，我们搬进了一间有暖气的一居室里，虽然房子有些年头，交通也不便，但是有暖气就弥补了一切。那些冷得滴水成冰的夜晚里，我头枕在江东的腿上，听着暖气管里咕噜咕噜的水声，好像炉子上一锅煮得奶白奶白的鲫鱼汤。我问江东：“我们什么时候结婚？”他把一颗珍贵的、用热水泡过的草莓塞进我嘴里，“很快很快。”

我的工作很受法国老板的赏识，他给我加了一次薪水，我的工作理所当然地重了很多，不仅做翻译，还兼了一部分接单员的活，为此我不得不一次次加班。舍不得出去吃晚饭，只是去Seven-Eleven买一个半价的便当加热一下应付了事。

江东还是很不顺利，搜肠刮肚写出来的剧本依然没有人要。

为了贴补家用，他不得不去接一些他不喜欢的活，比如为一个成功商人写一些歌功颂德的采访稿，或是写一些惊险诡异毫无逻辑可言的悬疑小说，像旧时沽字买酒的落魄文人，这样的现状令他焦虑而无望。我也是在无数次争吵、分手、复合、互相折磨以后才恍然想到，那些我疲于工作赚钱不在家的白天和夜晚，江东一个人在空空落落的家里，他是如何度过那些黯淡的时光的。

就像他后来说的：“赵朗，你一个人跑得太远了。你总说我们分手是因为钱，总有一天你会明白，根本不是这样的。2009年的时候我们最穷，却是最最快乐。”

这样的生活令我看不到希望，我变得越来越焦虑，并且把这种焦虑全都发作在江东身上，挑剔他做的饭菜难吃，在半夜写稿影响我睡觉，甚至他抽几元一包的香烟都被我斥责为不懂事，我把烟揉碎了扔进垃圾桶，把自己锁在厕所里哭。我害怕这样的生活，这样日复一日挣扎着、奋力地保护着我们的小生活。

江东在门口轻轻叩了叩门：“赵朗，你是不是觉得我很没用？”

这样的话令我更加难过，我打开淋浴洗澡，倾泻而下的热水落在我的身上，覆盖了江东在门外说的话。

我走出去时，家里空无一人，江东不知去哪儿了，但是电热毯已经开好。我摸着温热的床，想到我对江东的苛责，又是愧疚又是心疼，和衣躺在床上等他回来，迷迷糊糊睡着了，感觉有一双手轻轻地拢着潮湿的头发，电吹风柔柔地呼出热风。我抱住江东向他道歉、认错，他也原谅了我。

我们都以为以后我们可以好好过日子，然而当生活所有的重担全都压在我身上时，我变成了一个脾气糟糕随时会面目狰狞发火的女人。我们进入了一个死循环，我总是不停地伤害江东，再苦苦求他原谅，求他回来。

最后，我们都精疲力竭，江东看我的眼神，恐惧多于爱意，他颓丧地低下了头。

“赵朗，我是你的爱人，不是你养的狗。”江东执意搬回以前我们住的那个旧胡同，他说他在我身边的时候焦虑不安，暂时分开一阵儿可能对谁都好。

“赵朗，也是再让你想明白，你是真的爱我还是只是习惯了和我在一起。”

江东刚搬出去的那一阵儿，我总是在夜里恍惚听到他一个人在本子上沙沙写故事的声音，半夜哭醒他不在身边，一床清冷的月光。我鼓起勇气打他的手机，显示是停机，为他充值了再打过去，他已经关机了。我不知道我们这样算不算分手。

我的法国老板吕比安请员工聚餐，在新开的日本料理自助，我心中郁闷，一杯杯喝着甘醇的清酒，想起从前喝醉时我总爱紧紧地抓着江东的手。悲从中来，躲去厕所哭。出来的时候吕比安正好在门口，扶了我一把。送我进包厢前他凑在我耳边用法语说：“你今天穿内衣了吗？如果没有的话，你的胸形可真美。”

我面红耳赤，又不敢当场发作，坐回人群中，只能任由胸口一团怒火不停地烧，又是委屈又是害怕，手紧紧握着手机，打给江东，他挂掉了我的电话。

散了场，我打车去找江东，深夜走在那条逼仄的小巷子里，所有前尘往事一幕幕在眼前淡入又淡出。我以前给江东做过一个心理测验：一串葡萄你怎么吃，是先吃最甜的还是先吃最酸的。江东选择后者，而我选了前者，所以江东有希望，我只拥有回忆，而回忆是无济于事的。

江东不在家。我在门口坐着等了他很久，直到凌晨三点。那些期待、失落、绝望的心情都一点点蒸发干净了。我也终于承认，我和江东就像是被命运偶然捡进同一个口袋里的两颗石子，后来走散了，就再也没有那样的运气回到同一个口袋。

我没有辞职，相反利用吕比安对我的一丝好感在职场发展得更加好。一年以后我终于拥有了自己的办公室，采光极好，冬天就像泡在阳光里。也可以定期去THANN做SPA，闻着令人感到幽静的泰国木香，恍惚想起胡同里的春日。很多人羡慕我，只有我自己知道，我是一个走在钢索上的人，我依靠了最不值得依靠的东西，因而更加拼命地工作，加班至深夜从写字楼走出来，下起了大雪，路灯下看得真切，天空裂开来，亿万个碎片从苍穹掉落下来，美不胜收。但是不敢多看，太凄凉了。

拦不到出租车，我索性抱着手臂在路灯下慢慢地走，不自觉哼起了歌：“我要飞翔在你每一个彩色的梦中，路遥远，我们一起走……”这样的天寒地冻，我也没有哭。

我只是想念江东，提了一袋啤酒去看他。这一年我们断断续续有联系，江东也渐渐好起来，写了两部不错的话剧，在大学生中很受欢迎，大家喊他江老师。他仍住在我们从前的小胡同里，我去的时候，他和几个学生在排话剧，席地而坐，人人抽着烟提神。江东的身边有个娇小的女孩，手中捧着一杯热茶，一张没有被名利洗过的脸。我在门口静静看着，觉得我和这样的景象、这样的世界阔别很久，我突然就不敢进去了，把啤酒放在门口，轻手轻脚地走了。

我想起我最爱江东的时候，每天晚上都要趴在他的胸口，听着他的呼吸才能安心睡着。这些江东不会知道，就像我也不知道，在那些吵得面红耳赤的夜晚，他总会在我睡着以后抱一抱我，说他爱我。

2013年，江东决定回老家，我去火车站送他，令我有些意外，那个娇小的女孩没有和他一起回去。我没有问，因为已经没有资格再问出口，只能似旧日好友一样珍重地抱一抱他。他问我：“赵朗，你想一起回去吗？”我摇了摇头，我不是从前的赵朗了。

江东离开北京以后，我突然觉得这座城市空了，我告诉自己只是需要一段时间去适应，失眠厌食，早上起来头发一抓掉一大把。直到这个时候我才明白江东对我的意义，我们可以分手，可以很少联系，只要他在，我就觉得身后有一条退路。可是江东一走，我懂得了一个女人，从头到尾，从生到死，物质到灵魂全攥在自己手里是多么恐惧。

以前我听说北京有很多白领死于车祸。他们打扮得光鲜亮丽，匆匆走出家门，“嘭”一声，就烟消云散了。有一天清晨，我就站在街头亲眼目睹了一场车祸，那个女孩跑得比我快一步，为了和我抢同一辆出租车，就在几秒间，被对面开过来的一辆车撞飞出几米远，血渐渐漫出来，场面惊骇。她竟是替我踏上了死途。我站在烈日下心有余悸，害怕惊恐到极点，喘不上气来。我突然感到了生命的荒谬，它像一根钢针戳穿了我。

我坐在路旁许久许久，没有去公司，而是直接掉头去了火车站。

我决定去找江东，搭火车，再换长途车，后半夜起了台风，风在车厢里灌进来又灌出去，气势汹汹。我一直紧紧握着双手，浑身僵硬得像一尊石像。

你们热衷看电影的话，知道这一幕千山万水，押着全部身家奔赴的场面之后大抵跟着意外。是的，不过现世安稳，谁都没有死。只是对江东来说我就是一个不速之客，打破了他和那个站在他身边捧一杯热茶的女孩的平静生活。“我差一丁点儿就死了，劫后余生的第一个念头就是要来找你。”这话到嘴边硬是被我吞了回去。

江东连夜送我去长途车站，黯然地说：“我以为你不会回来了。”

我说：“我也以为我不会回来了。”

之后我们谁也没有说话，江东安静地举着手电筒，照亮前面一小片石子路，反复提醒我当心，不要摔着。我落在他身后，在一片漆黑里，无声地落泪。我安慰自己：会回来的，以后等我老了，就回来养老。

2013年年尾，我终于可以换新居了，在一个春寒料峭的日子里整理旧家具，在床底扫出旧日江东给我写的信、日记以及电影票根等种种旧物，我擦干净灰尘，小心地收起来。我不怪江东这么快就能投入地去爱一个人，相反想起他时我觉得很温暖，就像那最后一晚他用手电筒在黑暗里照亮我前面的路，在以后的岁月里，他就变成了这样一只手电筒，一点微微的光就够了，尽管心里那么遗憾。我搬了新家，买了一个更大的冰箱，把这些信、日记密封了放进去好好保鲜。我的生活还是继续着，得意总比失意多。太累太倦的时候就把这些日记拿出来，像取出一个冻结的美梦，把它融化，把它烧开，然后我慢慢地坐下来，用它来浸泡我冰冷的双脚。

它们走了这么远，真的不容易。

命运翻手为云，覆手为雨，在那一瞬有所错过，缘分就只是缘分，奋力过再无声息。

好在还有梦，梦见那条阳光笼罩下的胡同，鸽哨悠扬，过往的那些旧年月幽暗生辉，那一年的北京美得不像北京，像美好时代里的北平，我们气象峥嵘地爱过，也偃旗息鼓地败北。

·命运帮她收了场·

岁月幽微曲折，爱一个人淡淡的情义。

深爱一个人的短暂机缘和深深了解一个人的漫长情谊，若是你，愿意得哪一样？

有时江柔想起陈桉还是会觉得自己足够幸运，虽然如宋晓这样的旧友都无法理解怎么十多年了，细胞都代谢过一轮了，她还绕不过一个少年恋人。只是她们提起陈桉啊，时间像回来了几年，那个陈桉啊，漂亮极了的陈桉，虎头虎脑地在讲台上背李白的诗。从前她们爱说："陈桉，我给你写的情书呢？陈桉，让我摸摸你的酒窝。"这么想起来，陈桉像她们一个共同的美梦，混着樟脑般回忆的苦香。

宋晓吸一口十多年后的空气，像梦醒，对着江柔说："不怪你那么喜欢他。"

她们高三的那次毕业旅行，浩浩荡荡一行九人前往西塘。年轻人看着也让人觉得生机勃勃，好像试卷还装在书包里，未来已经在脚下了。江柔是班长，一路像个大家长管理着班费，管吃管住，像模像样。他们夜宿的客栈是一幢小别墅，五间房间干净敞亮，一楼有个院落，一树石榴花开得正好，掩映着小厨房。陈桉他们四个男生简直乐疯了，买来啤酒、零食，迅速占据有利位置，赌虫上身，大战八十回合。女生则乖乖巧巧结伴出去买菜，又挤进厨房，锅碗瓢盆一通响。夕阳落下来，金粉般的夕照洒在一只瓷碗上，好像一碗金水。陈桉的手刚好伸过来，捞起碗冲着江柔喊："班长，我好饿啊。"江柔一晃神，这一声"好饿"，后来她差不多听了有十年。

他们在西塘住了三天，最后一晚在酒吧给陈桉送行。大家闹得太疯，集体喝趴，勾肩搭背地一路唱着歌，踩着青石板上的月光回来。陈桉在江柔的左手边，同样瘦弱的肩膀揽着她的脖子，近得能闻得到他身上小兽般的汗味。书上说人其实保留着一些兽性，若喜欢一个人，总爱闻他身上的气味。

五间房九个人，江柔享有小特权，一个人睡在一楼最靠院子的那间。返回的那个清早，下起细雨，隐约听到有脚步声。蟹壳青的天色里，陈桉一个人站在院子里抽烟，乌黑的头发，瘦弱的样子，一些年以后江柔回想起来，少年初抽烟时低头扶住烟的样子，那么温柔。所谓落花微雨人独立，大概就是这样吧。

他推门走进来，光着上身，撒娇般喊着冷，钻进她的被窝。瘦瘦弱弱的，像个小和尚。他抱着她静静说了会儿话。少年时的告别没有那么多愁绪，他只是把下巴抵在她的头顶，加深了这个没有沾染一丝情欲的拥抱。

陈桉高中毕业后就去了英国，江柔则考上了上海的大学。

英格兰以北，天地都太宽广，草地、牛羊、格子花纹、风笛音乐，还有到处能买得到的威士忌。月色太凉，陈升的歌又满是乡愁。陈桉觉得孤单，给江柔写长长的电邮，词不达意，在结尾处才言简意赅地附上一句：“你敢不敢谈异国恋？”

两天后收到江柔的回信，是整整1G的菜谱压缩包，分早、中、晚三餐，全都荤素搭配，营养均衡，一周没有重样。苏格兰是日暮，总有辉煌的落日，陈桉心有震动，被那封电邮定在夕阳里很久很久，像一只被包裹进松泪的昆虫。

他们在一起的那一年多，陈桉记得江柔对他很好，好得很细碎又很温暖。他记得有次回国参加一家外企的寒假实习生面试，前一晚江柔陪他住在校外的小旅馆里准备面试的资料，各种不顺，偏偏还打翻了泡面，弄脏了面试的西装裤。他冲江柔发了一通脾气，借口买烟就出去了。回来的时候看到她已经把裤子洗干净了，不知从哪里借来一台最老式的取暖机，安安静静坐在床头耐心地把裤子一点点烘干。暖黄的光笼着她，水分慢慢变成袅袅白雾往上蒸腾，小旅馆里简陋的背景也染上了一种很温情的情愫。陈桉的心在那一刻好软，他不发一言，走过去很眷恋地把她抱进怀里。

这好像就是他们之间的爱情，拥抱多于亲吻，依恋多于爱，这在年轻时是多么不合时宜。陈桉在留学生圈子里认识了越来越多青春昂扬的同类，他们驾车去美国西部的黄金海岸，敞篷跑车、妙龄女郎、酒精、沙滩、音乐、迷幻剂，当他的生活出现越来越多的层次，江柔被抛弃也就成了一种必然。

她是在清晨收到陈桉的分手邮件的，语气措辞是全世界通用的那种分手格式。她握着手机呆呆地坐在宿舍的上铺，宋晓喊了她几遍都没有回应，爬上去一看，满脸的泪水，哭得像个被喊醒的做着梦的孩子。

可能是心有眷恋，也可能是余情未了，他们并没有成怨侣，而是渐渐退回当年好朋友的位置。似君子之交，不亲近又不至淡漠，每年会在同学聚会不多不少见上两面。那几年，陈桉越来越少年意气，江柔则像一只蚌，慢悠悠地合起来，藏起了所有的锋芒。可是他们俩并肩坐着，一个伸手布菜添饭，一个在喝醉后轻轻抚上一块热毛巾，都是那么自然而然，令宋晓这样的知情人不胜唏嘘。

然而江柔的心，那么明明白白，像司马昭之心，路人皆知。爱情让人委屈得忍不住想哭。

2008年，陈桉回国小住了一阵儿，渐渐和一些旧时好友恢复往来，一起约着去北京看奥运。刘翔在那一年退赛，现场好多人都哭了。江柔哭得特别厉害，连她自己都没明白，怎么会那么难过。

陈桉回国前，江柔去苏格兰找过他一次，那时他结束了上一段感情，身边终于空旷，裹一件长羽绒服，戴绒线帽子，只留出一对眼睛，好像很怕冷的样子，恹恹地来机场接她。

他借宿在苏格兰当地居民家里，幽深的屋子，丰裕的酒窖，他穿着天蓝色的毛衣钻进厨房，手脚利落地为她做出一盘西餐，又开了两瓶1984年的赤霞珠。苏格兰盛产威士忌，舶来的葡萄酒也是味美又价廉，简直是爱酒之人的天堂。他们点着了壁炉，一同裹着条厚毯子，席地而坐，喝酒。什么都不用说，情义都在酒里。放不下又回不去，让人徒然伤感。后半夜突然停电，陈桉默了默，说："我们来打个赌吧，如果天亮了还没有来电，我们就重新开始，怎么样？"

黑夜似一块磁石，一点点吸收着周围的光，窗外鹅毛大雪，室内越来越冷，他们等得快要睡着了，噔一声，墙上、头顶的灯一齐亮起，明亮似白昼。江柔站起来，冲陈桉难看地笑了一下，转身往客房走。那一瞬，她才回过味来，2008年为什么那么哭，她爱陈桉的心境和刘翔退赛时哭是一样的，还想再跑跑，可是命运不答应了。命运给了你那么多暗示，好言相劝让你停了，该收手了。

第二天她回国，陈桉送她去机场，抱了一抱，各自松手，差不多有半年没有往来。

2009年，在无锡的北仓门平地起一家叫东久的汉式按摩馆，古色古香，有一个叫高山的祖传推拿师傅，相貌实在出众，人高马大，走路虎虎生风。他穿素色的唐装，袖子挽到手肘处，手艺精湛。馆内有艾草沉稳的气味，水沉香袅袅的白雾和师傅的手拍打在肉体上浸着汗的声音，被门口一大幅半年成的双面苏绣挡住，隔间的小厨房，隔水蒸着玉米、山药等粗粮……这样的情景，二十七岁的老板娘江柔总是想起。

她坐在长条案桌前拿个计算器噼里啪啦地算账，酸痛的肩膀搭上一双手，轻柔又力道恰好地按着。不用回头，知是高山，搭上一只手，又把脸颊温顺地贴上他的手背。她和高山在一起将近一年，高山的好在于他的不深究，知晓喜欢是乍见之欢，爱是久处不厌。他对江柔和陈桉之间的小情小意视若不见，对自己的过去同是讳莫如深。像是曾经沧海难为水，他隐去了绝世武功，安于当藏经阁的扫地僧。

陈桉回国后也留在了无锡，有时会来东久看看江柔。他酷爱抽烟，江柔就总去隔壁的咖啡店讨一些当日的咖啡渣，装在一个椰壳做的烟灰缸里给他装烟蒂。他们之间没有亲密动作，很多时候就是这么面对面坐一会儿，他抽几支烟，她在对面静静陪着。陈桉最初创业，心事太多，总是锁着眉，拿起车钥匙说要走。她也不留，伸手抚了抚他的眉头，说得空再来。

他走了，茶凉透，她还坐在外面舍不得进来。高山看在眼里，什么都不说，拿一件外套搭在她的肩头，回屋继续招待客人。

对一个人好是会上瘾的，这个道理，江柔懂，高山更懂。

岁月幽微曲折，爱一个人淡淡的情义。出自同一棵古树的两串小叶紫檀，两人分戴着，像走了心一样。应酬的空当，洗手间里，他在浓妆艳抹的女郎手掌下吐得像条狗时，她有时也会跟着莫名其妙地不舒服，将原本就空的胃吐得空无一物。有时午夜梦回，一脸的眼泪，给陈桉发信息：“我梦到你出事。”他若方便，会立马回个电话过来，告诉她没事，继续回酒桌与人称兄道弟，笑得暧昧不明。

人是这样的，没有人会永远少年白衣，中年是种风尘，总会沾染。有次他们集体出游，夜宿在青岛，夏夜、冰啤酒和大只大只的海鲜，陈桉有些醉了，到墙脚吐完走回来还要摇头晃脑地向大家鞠躬谢幕。江柔沉醉在那种氛围里，看了他一眼，把头扭到了别处。有抱着吉他三十元唱一首歌的妙龄少女，甜美的声音唱沧桑的歌：“我想我可以忍住悲伤，可不可以你也会想起我……”来来回回一句“可不可以”，像一个怎么都不肯死心的人，陈桉手抖着差点拿不住烟，宋晓扶了扶他的肩，高山醉倒在桌上。从前的陈桉也不会想到，有一天他们会成为这样的年轻人，只有在喝多的时候，眼眶会湿，心头会软。他举起右手，和江柔轻轻碰了碰杯。江柔笑了。

在二十七岁就对前程不抱期待，想着就这样过完一辈子吧，有情有义地待彼此，起落都在一旁相伴，适宜地伸出一只手扶一把。江柔在杂志上看到冯唐的诗：“草木都美，人不是；中药很苦，你也是。”心底也涌起一种莫名的凄凉，别人不需要去懂那些苦涩的前因和回不了头的艰难，他们只要结果。江柔不是，她是明知山有虎，偏向虎山行的人。她也不哭，愿赌服输。

陈桉二十八岁志得意满，乔迁新居，请大家去家里做客，和新交的女友浓情蜜意，似要谈婚论嫁。一大帮人闹到最后，醉了大半。江柔去厨房煮蜂蜜水醒酒，恍恍惚惚地坐在灶台前等水沸。陈桉走进来，隔着长长的餐桌和她面对面坐着，对视了一会儿，都笑了。

他说："这个厨房是照我们以前说的布置的，以后可以几家人一起来烧烤。"

她说："有一天你结婚，千万不要叫我。"

陈桉大婚，江柔因为飞机延误没有到场，宋晓在花海般的宴会厅待了半个小时也忍不住走出去吹风，心里莫名地难受。像一段岁月的终结，路归路，桥归桥。她在心里感慨，幸好江柔没来，来了得多难受啊。想起从前江柔信誓旦旦地说："我们当然要去陈桉的婚礼啊，还要打扮得漂漂亮亮的，要让他的那一位知道，我们陈桉是很受欢迎的，得上心，必须疼他、重视他。"

然而江柔这个大骗子再也没有回来，两天后铺天盖地都是客机失联的报道，失联乘客中，她的名字赫然在列。

个人的悲剧是无法抵御一个属于时代、国家的更大的悲剧的，高山、宋晓赶去北京，在丽都酒店前前后后等了一个星期，侥幸、期待，心灰意冷又希望重生，最后大家都知道，一定是死了，一个人就这样没了。新闻发布厅里有遇难者家属情绪失控，号啕大哭。蜜月回来的陈桉那个时候冲进来，明亮的日光灯打在他脸上，一脸死白。

很多时候，死亡是很残酷的。年迈的老黄狗睁着浑浊的眼睛看老主人提着屠刀走向它，顺从地低下了头，变成了灶台上香喷喷的一锅狗肉，硬得像木柴。猫死了，没人要它，就装在黑塑料袋里挂在河边的树枝上。麻雀叼走它的眼睛，然后是酸酸的肉，最后只剩下一张软塌塌的皮。

人的死亡，并不比这些来得温和。

像江柔缺席他的婚礼一样，她的葬礼也没有陈桉的身影。黄昏的时候，高山在东久的院子里找到他，灰色的毛衣，坐在一株石榴树下，背影一动也不动。高山从前说过："一个院子里只有一棵树不好，就是一个困字。"可江柔，独爱这一株石榴。

夕阳越来越暗，陈桉蜷缩在那张藤条椅子里一动不动，听到高山喊他，茫茫然地回过头，那神情，好像一个失落了很多快乐的少年。

“她可能有预感觉得自己回不来，走之前就给你准备了结婚礼物，还有一张贺卡。”陈桉拆掉精致的包装，是她最后的字迹：愿往后的日子，和和美美，长长久久。

和美长久里本来也没有她。

·岁月忽回头·

任何东西，只要太深，都是一把刀。

很多时候，孟荻觉得她和顾叙只差一步，像书法的最后一个弯折钩，木器的最后一下雕刻，礼佛的人口中最后一句《金刚经》。这么多年了，就差这一步。

这一步之遥，是遗憾，还是一种爱的修为，辗转反侧的那些夜晚，孟荻难以分辨。却时常想起高中时从教学楼走回女生宿舍的那一条路，种满了梨树，清明前梨花开的时候，那条路总是很安静，白色的花瓣被风摇下来，像细细的雪。

这条路，孟荻和周源走过，也和顾叙一起走过。只是和周源走的时候，两个人都很安静，偶尔对视一眼，就笑着别过了脸；和顾叙走的时候，却总是在生气，一前一后隔着几步远，像冬春之交的天气，泛着冷，却有着属于他们之间的情义。

比如高二的那次社会实践，去苏州的甪直，正是吃菱角的时节，班里的女孩子扎着堆向当地阿婆买了一竹篮，围坐在一起剥着吃，又羡慕起小河中央含苞欲放的莲花，只是谁也不敢下水采，有些悻悻而归。晚上照例是夜自修，课代表在讲台上发上次的数学月考卷，孟荻把政治书放进书桌，突然摸到一些凉凉的、细长的东西。偷偷钻下去看了一眼，三支娇艳欲滴的荷花、两把翠绿翠绿的莲蓬，她惊喜得差点叫出声来，连忙用试卷掩好。回头看一眼末排的顾叙，他装模作样地对着不及格的试卷皱着眉头，嘴角却忍不住地扬起。

关于那三支荷花和两把莲蓬，顾叙什么也没有说，孟荻也没有问，他们就是笃定对方会知道。

那个夜自修是孟荻高中时代最美妙的一个夜晚，她的左手一直藏在课桌里，像摸一只可爱宠物一样摸着她的花儿，班主任走进来巡课，吸了吸鼻子：“哪来的一股清香啊？”孟荻扑哧一笑，片刻左前方的周源扔过来一张纸条：“什么事这么开心？”下课的铃声终于响起，她磨磨蹭蹭拖到最后，把花儿装进书包，有些雀跃地走回宿舍。顾叙在半道上突然出现，倒退着走，看着她，明知故问：“孟荻，傻乐什么呢？”孟荻昂扬着脸：“不关你事儿。”

这就是2005年的孟荻和顾叙，把三勒浆当水喝的孟荻和把游戏当课上的顾叙，在那个散发着荷花清香的夏夜，一前一后拌着嘴，心无芥蒂地走着。

南京大学东、南、西、北四条路分别是北京中路、汉口路、上海路、青岛路，道路多平地加小陡坡，路植大片大片的梧桐，深秋的时候，满城纷飞的落叶，骑自行车经过，像被车轮碾碎的雪。

这样的雪，孟荻只能和周源一起看。顾叙没有来。

一场高考让少年们分道扬镳，孟荻和周源考上了南大，顾叙分数只够上当地的职校，路归路，桥归桥，青春过了最高的燃点，像唐诗过后的宋词，兴尽悲来，虽然还是吹气如兰，脉息却微弱了很多。

几场谢师宴都没有顾叙的影子，只有临开学最后一顿散伙饭，他出现了，顶着一头极短的、根根树立的头发坐在KTV赭红色的沙发上和几个男同学吹牛。孟荻记得那一晚顾叙没有唱一首歌，喝了七瓶雪花，啤酒瓶一一排在桌前。散伙饭上的顾叙像一个影子，淡入进所有离别的背景里，只有在孟荻的心里，他是亮堂的、有颜色的，坐得离她那么远，喝酒吹牛的样子，却盘桓于心。

2006年，手机和网络都没有那么发达，孟荻和顾叙的联系仅仅只有手机上只言片语的短信，孟荻写给他的信，他也是拖了很久才回，潦草涂上几行字，像他高中时的作业本。渐渐地，孟荻的心也冷了，和周源一起上课、吃饭、去图书馆，当所有人都觉得他们是一对时，顾叙却又出现了，不知从哪里弄来了一辆二手的面包车，车里装了那年各种流行的玩意儿，卡带、游戏盘、明星海报、盗版言情小说，倒爷的生意做得风生水起，和男生称兄道弟，和美女搭讪聊天，来了南京大半个月，没有找孟荻，也没有找周源。最后是孟荻没忍住，气冲冲地找上门，拉开破面包车的车门，钻进副驾就赖在了里面，顾叙愣了愣，埋头笑了，继续招呼他的生意："哎，同学，一百元找副驾那位美女找……"就这样，孟荻没有课的日子就捧着一个热水袋坐在面包车里帮顾叙收钱、找钱，也是后来才知道顾叙自作主张从职校退了学，跑到南京用学费买了辆二手面包车，做起了生意。

"那来了为什么不先来找我？"孟荻问。

"没混出点儿样子，不好意思来。"

“那为什么要在我们学校门口摆摊？”

“因为想见到你。”

孟荻笑了，低头剥掉烤红薯上面薄薄的皮，一小口一小口咬进嘴里，笑一下，咬一口，喜不自胜。

顾叙问：“你傻乐什么？”

孟荻说：“就不告诉你。”

2007年的孟荻，就像一只小袋鼠跟着袋鼠妈妈一样跟在顾叙身后，她跟着他一起去进货，扛着大包东西走在寒风里，他瑟缩地点一根烟，让她抽一小口，说祛寒。天寒地冻，孟荻觉得她和顾叙，就像两个行走江湖的人，如果此时行囊里有一袋酒，顾叙也会拿出来给她喝一口。那辆越来越旧的面包车就是他们的马，天黑透的时候他就教她开车，从空无一人的青岛路的斜坡上冲下来，害怕又兴奋地尖叫着。

那一年，顾叙所有的精力都用来做小生意，有时赚了，有时赔了，生活总是给你一点甜头，再把你打回原形。除了赚钱，顾叙唯一的爱好就是搓麻将，在他认识的朋友家里，一搓就是从黄昏到深夜，孟荻下了夜自修就来找他，坐在旁边，安安静静地看他搓麻将。有时窸窣地吃零食，像一只小老鼠。顾叙出去上厕所，回来推开门的时候，看着一身素净的孟荻，那么安静、那么毫无抗拒地坐在那一片乌烟瘴气的方寸之地，突然就觉得很难过。他拿什么去给这个女孩未来呢？他明明一无所有。

那晚顾叙一家独赢，孟荻开开心心地和他一起数那些皱巴巴的零钱的时候，顾叙突然开口："孟荻，你以后不要来找我了。好好念书，好好找工作。"

孟荻怔在那里，片刻像没有听见一样，笑嘻嘻地问："一会儿我们去哪里吃夜宵？"

顾叙吼了一声："我让你以后不要再来找我了！"

"我问你一会儿去哪里吃夜宵！"孟荻也冲他吼，刚吼完，眼泪就掉下来了。

顾叙不能看她哭，他把理好的赢的几百元零钱放进孟荻的衣服口袋，鼓鼓地凸起一块，像放进去取暖的一只手掌。

他留下了羽绒服，穿着薄薄的毛衣就走了。那是2007年的年末，顾叙和孟荻彻底分了手，毫无征兆，甚至在这之前，他们还热烈地讨论过他们在一起的第一个新年应该怎么过。

但他们确实是分手了，南大门口的那辆面包车也没有了踪影，原来租的老公寓顾叙也不住了。又过了一段日子，孟荻打听到他跟着别人卖起了电脑，过得不好不坏。顾叙的善意她懂，但一颗好人的心，自以为是地用来做了坏事，同样让人难过。

寒假将至，周源来找孟荻去车站买回家的火车票，打顾叙的手机，他没有接。孟荻考完了试，在学校等放假的最后一天，他却来告别，说要跟着别人去深圳，那里有很多新的机遇，计算机时代就要来了。他说："孟荻，这可能是我最后的机会了。"

2007年的那次告别，是孟荻大学时代见顾叙的最后一面，她一直记得他们散步的那一片湖，周围是枯黄了的芦苇，土地带着湿气。顾叙在那样一个昏黄的背景里，扭过头对她说："孟荻，我不像你们，有那么多机会。"可能是天寒日暮易生岁月之感，她在那一刻突然就原谅了顾叙。就像2005年在去南京的火车上，顾叙在车站目送他们时孤零零的身影，那么令人同情。顾叙说得没有错，孟荻对他的爱，一部分是同情，就像当年他们都离开了，去奔向大好的前程，只有他一个人留了下来，被灰扑扑的命运盖住。那次夕阳下的告别，孟荻忘记了自己的难过，只盼着一起走的那条路不要有尽头，哪怕天一直这么冷，夕阳也落了，植物都枯了，再也没有什么风景可看，也不要有尽头。顾叙离开她，孟荻一个人不害怕，她只怕顾叙一个人孤单。

就这样，顾叙走了两年多，这中间和孟荻的联系少之又少。她毕业的时候，他没有回来；周源结婚，他没有来；甚至是他们高三的物理老师病逝，班里的大部分同学都来了，顾叙还是没有出现。

孟获说不清楚自己到底有没有在等顾叙，她觉得时间已经过去了那么久，他已经不会影响她的生活了。她毕业后进外企，职业生涯大有前景；她谈了一两场恋爱，对别人张开怀抱的时候，也是发乎真心。只是有时加班回去的路上，或是在看到一辆破旧面包车的时候，还是会有一瞬间的晃神，心里是绝望的。她觉得她和顾叙的过去，就像那些埋在冬天地表下冷硬沉默的种子。它们可能就这样永远地沉睡了，不会发芽、不会开花也不会结果，大地永远荒凉空荡。

很快2010年就来了，新年还没有过完，孟获在高架上撞了车，剃了小半边头发，缝了十二针。在医院住着的那些日子，周源常来看她，有次无意数落道："你开车太冲，像顾叙。"提到顾叙，孟获低头笑了笑，突然心里像卸下了千斤重担，好像想不起顾叙了，好像顾叙就变成了她发白的头皮里一道蜿蜒的伤疤，留在了她的青春里。

我们在年轻的时候都太执拗，害怕分离。是要很久以后，才会明白，若不是历经漫长的分离，历经杳无音信，不会懂得一个人背影会那么长，长到一回头还能看见。

2010年，顾叙回来了。

孟获后来和顾叙心平气和地说起她觉得最快乐的时候，不是他又挣了多少钱，或是买了一幢大房子，而是在2010年她车祸养伤的那一阵儿，有一次他答应带她出去看电影，从早上九点，她就换好了衣服，又披了一条厚毛毯，坐在窗户底下等他。十二点的时候他来了，孟荻打开门，门口放了一玻璃樽金鱼草和粉玫瑰。孟荻最快乐的时候，就是她坐在那个冬天的阳光里等他的时候，因为那个时候她知道他一定会来。

2005年到2012年的这八年间，对很多人来说，时代都赠予了他们几次公平的机遇，一次是计算机，另一次是互联网，还有一次是出国热。被高考淘汰过的顾叙足够幸运，也足够果敢，在时代洪流里，死死抓住了两次机遇，所以他的成功也是必然的。

当顾叙第一次以企业家的身份出了专访时，孟荻步行了一整条街，在报刊亭买了三本杂志回家，一本珍藏，另外两本分别仔细地裁剪下来，贴在一张纸上，用大相框装裱了起来。她由衷地为他的成功高兴，只是他的成功里，也有她太多太多的孤独。

她总是在卑微地等着他，等他出差归来，等他陪完客户，等他谈完要事，那些见不到他的日日夜夜，有时太过想念，她就从他落下的烟盒里拿出一支烟，点燃了放在烟灰缸里慢慢燃着，慢慢闻着味道。

顾叙回来后的那几年，孟荻不记得他一共失了多少回约，也不记得自己喝醉过多少次。那些激烈的争吵，那些抱头痛哭后的原谅，渐渐地，孟荻觉得她的爱情变成了一个老人，老得安静，又乖又懂事。不再索求什么，只看着每日壮阔而平静的夕阳，一瓷杯热茶捂在手里，发一个很长的愣，再一晃神，已经没有岁月可回头。

可能这就是命运，有些人一生注定不会给爱情太多时间。顾叙的勃勃野心，孟荻的执迷不悔，任何东西，只要太深，都是一把刀。

2014年，顾叙的公司生意蒸蒸日上，而对他来说，最讽刺的事情，莫过于他把曾经的恋人送去了美国。

他记得他送孟荻走的那天是圣诞夜，他终于低了头："没想到，我们还是蹉跎了十年。"

"本来我们可以好好地相爱十年。"孟荻拖着行李，侧过脸看着他，又温柔又疲倦地笑了，"可是没有关系，对我来说，跟你有关的每一年，都不算白费。"

2014年的圣诞夜，他们在机场的航站楼一起吃了碗海鲜面，后来很长很长的一段日子，他都不能闻海鲜面的味道。

像在心里剥开了一颗洋葱，想哭。

·少时爱如心脏，老来不过盲肠·

那时的不甘心是真的，不爱也是真的，愧疚是矫饰。爱若有口无心，非常可耻。

2005年的夏天，某杂志的娱乐版提到黄磊和周迅，《橘子红了》最后一场戏拍完，两个人在影棚门口，周迅靠在门边上，黄磊后来说：“她站在我旁边，忽然我觉得像过完一辈子，两个人站那儿像过完了一辈子。”

二十二岁的郑然不是黄磊的粉丝，却也觉得怅然，那种站在一个人身边一会儿，就像站了一辈子的感觉。她缓了一阵儿，打电话给男友邵年，约好五点浴室门口见，然后一起吃晚饭。学校是古朴陈旧的老校区，绿植轰然入眼，野猫懒洋洋地晒着太阳。郑然在水房前等了一会儿，不见邵年踪影，知他打游戏入迷，也没有再催。

再出来时，那人已站在路口，衬衣是雨打过梨花的白，在邵年之前，郑然从没想过“亭亭玉立”这个词也可以形容男生说不出的漂亮。他佯装歉意，买一支可爱多赔罪，眼底却毫不在意，他知道她总会原谅。

一起上下课，一起吃饭散步，他们像校园里每一对甜蜜而无聊的情侣。每次一帮人吃夜宵，郑然当年倒追的往事总被提及，和那些几元一份的下酒菜被年轻无知的嘴反复咀嚼，男生含义不明地笑，女生微微地轻笑，郑然不响，默默地帮邵年把鲳鱼的刺理掉，剩下一大块完整的鱼肉。

郑然算不上美女，但她是个好战士，一起吃小龙虾的有个女孩叫妙丽，热裤下一对藕段般的白腿，娇声喊有蚊子，一双腿就伸到了邵年面前。郑然不动声色，一整杯冰啤酒洒在了上面。

满桌突然像被按下了静音键，妙丽惊慌尴尬地收回腿，郑然平静地递纸巾，邵年将这一幕收进眼底，什么都没有说。

夜宵后照惯例是他们男生的网吧游戏时间，那一年，魔兽世界公测不久，引众宅男竞折腰，其实他们都玩得很烂，却忍不住装成游戏高手的模样，比如邵年他们，在雷霆崖，一行五个牛头人小号浩浩荡荡地往前跑，打头的邵年叫勇敢的心，后面依次是勇敢的肝、肺、肾、胃，郑然去小卖部一趟，为他们带来了红牛和烟，赶着在门禁前回去，肝、肺、肾、胃叼着烟，统一站起来答："大嫂走好。"

郑然笑着把他们一一按回座位，看到游戏前心无旁骛的邵年，想起前一阵儿看到的那句"两个人站那儿像过完了一辈子"，突然心里就疼了一下，也不知是为了什么。

在商学院，郑然和邵年能在一起多久曾是一个赔率最高的赌，赌他们赢的同学赢得好几个月的生活费，玩笑般感谢郑然，说她争气。郑然有些黯淡地笑了，其实她在心里也是买的自己输。她不怕，有什么怕的呢，输给他不丢人，最多给外人看个笑话。但快乐是她自己的。

转眼大三，邵年中俄班要去俄罗斯交换两年，走前谁也没有提分手的事，邵年甚至还好好陪了郑然一阵儿，最后一个星期，签证下来，邵年回家陪父母几天，然后从北京飞莫斯科。分别的那天，窗外冷雨，邵年他们几个挤在同一个宿舍吃夜宵，郑然和另一个女生苏美瞒过舍管混了进来，一边帮各自的男朋友整理行李，一边听他们掺着啤酒与烟味的青春壮语。二十多平方米狭长的男生宿舍里，甚至整层楼里，都是凌乱嘈杂，透着浓烈又难闻的离别气息。

年轻时的爱情多么脆弱呢，时间、距离，一个误会、一次争吵就能让彼此恨成陌路。郑然和邵年后来再遇到，一起喝酒，郑然问他：“你懂什么是爱吗？”邵年摇了摇头，郑然说：“我也是。”也只有在最不懂爱的年纪，才有这样的勇气，喝最便宜的酒，张牙舞爪地说爱一个人，然后转眼就忘了。

那个积满青春伤感的宿舍里，他们席地而坐，扬言要把两箱酒喝光，去外面的世界混出人样。然而后半夜他们吐得像狗，也不会预料到，人生越往后，他们中的一些人会渐渐收起了扬扬得意的尾巴。

有人说：“郑然，你要哭就痛痛快快哭，别哭丧着脸啦。”

邵年低了低头，拿起酒杯，说：“郑然，我敬你。”

不是“我们分手吧”，也不是“你等我”，而是“我敬你”。郑然听着，比听到任何一句话都难过。

一年后从苏美的男友那里听说邵年和妙丽在莫斯科做室友，后来睡到了一起。天寒地冻，大雪封了家门，邵年说：“太孤单了，有个人陪就什么都抛脑后了。”

邵年这句话是用短信发来，一元一条，以前他们总是70个字打得满满的。如今这条，却觉得每多一个字，都是一根针刺进眼底。

还好，太多的蛛丝马迹，足够的心理建设，面对这样的结果，都没有当初送他时那句“我敬你”令人伤心，我苦心孤诣爱你多年，你举了一杯酒说“我敬你”。

五六月的南京特别美，金黄色的阳光打在脸上，像给每个人的眼角眉梢刷了一层蜜糖。郑然在这样的落日里走，鞋跟清脆，昂扬着头，好像全为自己活着一样。后来实习签约，她还是留在了南京，像个爱情里的前朝遗民般，留着条长辫子不肯剪。

郑然进了一家广告公司做平面设计，苏美也没有回老家，两个女孩在青岛路一幢老楼里租了房，当起了室友。苏美也变回了单身，不过她比郑然好的是，没有谁背叛，只是考虑了现实的种种，和平分手。

很快苏美有了追求者，还带了一个同事约郑然一起四人约会。同事叫沈岩，长相平常，举止规矩，是个好男孩，也是个一眼就能望得到头的好男孩。他喜欢郑然，打听到她喜欢吃薯片，背了一书包等她一起去看电影。他对郑然的一切都感兴趣，任何事都听郑然的，每次郑然带他去一个地方吃饭，想到从前和邵年来过这里，心里就难过，好像被谁抢掉什么一样，分外委屈。这大概就是心里的归属，身体过来了朝着未来走，心还被卡在铁门里。郑然觉得一切索然无味，沈岩不知所措。

有次沈岩从连云港的老家带了一大包晒干的海鲜和他母亲为郑然准备的各类土特产，挤上长途车，再挤上地铁，终于汗流浃背地来到郑然的住处，傻乎乎地站在楼道里等。海鲜被阳光暴晒，发出刺鼻的腥味。郑然捂着鼻子上来，连连数落他："你这是干什么呀，这些我都不要。"

沈岩把她哄进屋，准备大展厨艺，把这些土家伙变成特色小菜。郑然窝在沙发里，无聊地换着台，眼看沈岩把鸡蛋砸在了地上，手忙脚乱地去找拖把，又把油锅里的油溅在手上。沈岩"啊"了一声，连忙打开水龙头。

郑然远远地看着他，看了一会儿才走过去帮忙。她不知道，她有时看着沈岩，像看着一个蠢货。这个世界，大概也是有了这些热情的"蠢货"，才有些温和的浪漫。郑然忘了，她也曾当过别人眼里的蠢货。

春水流入秋水，冬泥化作夏泥。二十岁以后，爱过一个人以后，会觉得时间如白驹过隙，难以追赶。邵年走了两年，妙丽的微博开始公然秀恩爱，郑然和沈岩在一起一年，关于男友，她只字未提。初夏回学校论文答辩，那年有些"兵荒马乱"，很多高校因为出现疑似"非典"病例而被封校。所有集体活动都被取消，只小范围合了个影，大家就散了。

郑然戴着厚厚的口罩从学校后门的坡路走下来，一路走到宁海路。南师被封了校，那些久未见面的情侣们搬了小椅子隔着铁门面对面坐着，中间隔了一米多的封锁线，不远处有几个小贩，卖煮好的板蓝根，五毛钱一杯。老梧桐温柔地遮出树荫，知了低声地叫，这旷世景象，真有些倾城之恋的感觉。郑然手插口袋站了会儿，冷漠地走了。

她关于邵年的幻想又死了一些，对沈岩的现实宽容了一些。回到家，看见沈岩单手拎着几袋子菜站在楼道里，低着头玩手机，突然有些感动，走过去轻轻地给了他一个措手不及的拥抱。

郑然不会想到，几个月后，她也是以这样一个浅浅的拥抱送走这个有些木讷的大男孩。他们在一个烟雾缭绕的夜排档吃了最后一顿晚饭，喝了几浅杯啤酒的沈岩眼睛通红，有些委屈又似下定决心地按了按郑然的肩膀："你错过了真正对你好的男人，也许是在他能力范围内对你最好的男人。"

郑然看着他，居然笑了，是真诚地笑："是啊，我知道。委屈你了，沈岩。"

我们不爱的人对给予我们的爱，都像是浮于表面，容易挥发。沈岩从郑然的生活里消失以后，她几乎从来没有想过他。然而人的记忆又在潜意识储存温暖的、安全的过往，这之后郑然历经生命里的跌宕，身边伴侣换了几个，有的是无缘，有的是将就，偶尔在一个秋雨零落的夜晚想到沈岩，想到2009年的秋天，那一个下午，如果她像他们说好的一样去见了父母，吃完那一顿饭，是不是她就尘埃落定，往后的一切都不会需要再经历。

可惜没有如果啊，那时的不甘心是真的，不爱也是真的，愧疚是矫饰。爱若有口无心，非常可耻。

那个下午，她在同一幢写字楼遇到来面试的邵年，隔了三年再见他那张年轻气盛的脸，郑然知道，她和沈岩完了。

直到2009年，郑然还留着2005年出的诺基亚滑盖手机，她和邵年一人一部，里面装满了她过去对邵年说的甜蜜得不要脸的情话。那个号码郑然好久不用，开机出来一双手轻轻握住，她心里说不出的感觉。很多盼望，又有胆怯，她完全忘了一个人仗着爱可以伤害你而毫不愧疚。像一局一直输一直输的麻将，太阳西落，晨光熹微，再没有翻盘的机会。

当那个熟悉的短信声响起，郑然几乎是扑了过去，脚撞上桌椅，疼得龇牙咧嘴，看到邵年说："出来见一见吧。"那疼就爬进了心里。

邵年开了他爸爸的车出来，在鼓楼一带转了几圈，没有寒暄也没有热络，没话说的时候就抽烟，他摇下车窗，手肘架在窗沿，微微皱起眉。郑然这么细细望他，觉得他老了一些，他这种长相的人不经老，一笑眼角好多皱纹，很索然的样子，显出疲惫，好像久归的游子。

他说：“这两年玩够了，在那边无聊，只能跟毛子喝酒。俄罗斯的冬天真的能冻死人，酒鬼们一个个树桩一样插在冰天雪地里站着睡觉。要是不小心躺下了，就会像卖火柴的小女孩，冻死路边，成为酒鬼棒冰。”邵年明亮的眼珠子转向她，“我差点冻死过两次，两次都梦见你催我起床去考试。所以我回来一定要找你，可能还欠你一句‘对不起’，可能就只是想见见你。有男朋友了吧？他对你好不好？”

郑然突然就哭了。

那之后他们瞒着沈岩偷偷见面，每次都胆战心惊，又像洗了个滚烫的热水澡那么酣畅。苏美撞见过他们一次，沉默了好久，什么都没说。

郑然和沈岩摊牌，讲自以为是的道理：“你知道真正爱一个人的滋味吗？婚姻不只是找一个女人踏踏实实地过日子。”

“我喜欢你，想和你结婚，想过踏实稳定的日子，难道这就不是爱吗？”

郑然固执地摇了摇头：“那不是。”

这个大男生在她面前垂下了头，红着眼睛流了几滴泪，慢慢地挪开杯子走了。

沈岩离开后，郑然像收拾情感一样把屋子收拾得纤尘不染，赤脚踩在湿漉漉的地板上，一窗的日落，她心里说不出的感觉，好像拥有了一切，又像失去了所有。

郑然和邵年的后来，就像这个故事一样不知如何收尾。在青春的时候，无法将深情处理好，必然会收获悲剧。一人太过偏执，另一个又带着弥补的恩情，2005年魔兽世界的风靡，2011年诺基亚的大失江山，合上了他们情感的轨迹。2012年苏美大婚，请郑然做伴娘，那个晚上她们像小女孩一样睡一床聊到很晚很晚，关于邵年，她什么都说不出来，心里对这个人还有很多爱，可是就是无法继续相处下去，太多的争吵、怀疑都是巨大的内耗。这样谁也不找谁暂时分开着，反而能喘上一大口气。

老话说得没有错，少时爱情如心脏，老来通通如盲肠。郑然二十七岁，爱对她来说太令人疲倦了。

天快亮的时候，苏美拨通缺席的邵年的电话，寒暄了几句，苏美问道：“你和郑然以后还有没有可能？”

那头沉默了一会儿，斩钉截铁地说：“不可能了，再处下去能把人逼到绝路。”

郑然在一头听着，心有戚戚。苏美似同情地望着她，她清苦地笑了笑：“没事儿，也算求仁得仁了，一辈子也遇不到几个这样的人。”

相识八年多了，三千多个日子，如同一个熟得无须再说话的朋友，连郑重的道别都不用，拍拍肩膀就可以走了。而记忆，就像那抹背影，永远模糊，也永远清晰。

郑然望了一眼，扭过了头。那晚做了一个梦，梦里很多又白又大的海豚。听说那是一个好兆头。

·悲伤的兽性·

那么多年，爱是孤单的原野，大喜一个人狩猎，终于也累了。

大喜二十岁的时候有次抬头看月亮，像一片冰冷的柠檬悬在伏特加的河里。那时她因为爱人在侧而快乐得不知所以，举手仰脖一定要和月亮干一杯。后来，大喜再抬起头，看那月亮，隔着万重云雾，忍不住掉了眼泪。

还是当时的月亮，可是什么都不一样了。

你不能叫人不变心，就像你叫不醒一个故意装睡的人。

赵大喜在二十六岁失恋，当初欢天喜地地发出的几百张喜帖现在像惹人伤心的遗物一件件收回来，大喜独自灌了几口二锅头，鼓起勇气一个个打电话。几个人下来，泪水糊住了整张脸，她无路可走，藏进衣柜，号啕大哭。

分辨一个人的悲伤，要看她流露出多少兽性。

林海这样一个三流婚纱摄影师，一个大牛津包，一件浅蓝衬衫，一条水洗白破洞牛仔裤，跟着新人走南闯北，电脑里存了几百G或美或丑的照片，也算是见了不少的世面。但这次的情况他还是第一次见识，一个个子很高的女生，提着一只大箱子，像一座葱郁的小山一样移动到他的面前，原来她穿了一条碧绿碧绿的大长裙，绿得能在发白的阳光里溢出汁水来。

她说："我叫赵大喜，就是电话里那个想退婚纱照你们不让退的人，我们开始拍吧。"

"新郎还没有来，我们等新郎一起吧。"

"没有新郎，他死了。只有我一个人，你拍吗？不拍就退我钱。"

林海被这个理直气壮、高瘦得像植物的女孩噎得说不出话来，只能愣愣地看她打开大箱子，里面有各色的花裙子，还有一件白得一尘不染的婚纱。她蹲在地上，把嘴巴抹上大红色口红，扭头对林海说："我们开始吧。"

林海想：这女人真是狠心哪，新郎死了，还有心思来拍婚纱照？

大喜扭过去的头又扭回来："难道我就要跟着他去死吗？我不会，我的命是我自己的。"

林海拍过太多千篇一律的新娘，当新娘长得实在抱歉又对着相机搔首弄姿的时候，他会自动脑补卢音的一颦一笑，镜头里是渴慕已久的人，林海就这样把自己切换到另一个模式，拍出饱含感情的照片，他称卢音是他的缪斯女神。

然而这次面对大喜，他不需要调动女神。已经是初夏，暮色四合，他坐在一大片薰衣草田里，等着大喜把婚纱换好。一天的相处，他们早已不是剑拔弩张，反而还有了几次深入的交谈，大喜沉湎于怀念她的新郎是多么好的一个人，眼眶湿润，却没有眼泪落下来。薰衣草被阳光晒过后的气味，芬芳而醇厚，让人昏昏欲睡，林海望着远处白衣胜雪的大喜，不禁心有恻隐，他们都是被爱光临又被半途放弃的人。

片子拍到八点收工，林海倒两班地铁回到出租屋，周围一片都是老南京，他走进常去的一家小馆子，要了份大煮干丝、两个鸭头，水龙头下冲了把脸，开始啃起来。街对面是家花圈店，远远望去屋子晦暗而压抑，有个伙计刚打好一盆糨糊，也走过来要了一碗面。和老板抱怨两句，每死一个人，他们都要忙活好几天。

林海想起那个死去的新郎，想起赵大喜的以后，没了胃口。脚边有一个大纸袋子，装着大喜送给他的婚纱。她说这件婚纱从设计到完成，整整半年，不要浪费，送给了他。

花圈店的另外两个伙计陆续把纸丫鬟、纸龙搬一些出来晾干，林海在这样一个悲伤的夜晚，忽然有点想哭。

大喜送的婚纱林海自然没法送给卢音，在卢音的世界里，他大概只是一个很小的小兵。林海不泄气，去夫子庙大市场买了一个模特架，撑起那一片雪白，几乎照亮了这二十平方米的小单间。

半个月后，林海通过朋友的朋友，接到一单婚拍的活，婚礼盛大，极尽铺陈浪费之能事，新娘酷似张柏芝，笑的时候也一脸盛气。宴席近凌晨结束，宾客四散，林海疲惫地走出去，却在酒店门口遇见醉成一团烂泥的故人，赵大喜一身缟素，瓢泼大雨里哭得酣畅淋漓，身边默然立着的是方才情意绵绵的新郎。

林海不算笨，他几乎是立刻想通了事情的来龙去脉。那个独自来照婚纱照的女孩，她的新郎根本没有死，而是变心成了别人的新郎。他看着大喜匍匐着爬向那个人，又被厌恶地甩开，不忍多看，扭头就走。又隔了几百米跑回来，一把拽起了还在发酒疯的大喜，扬手利落地给了她一巴掌。那是林海二十六年来第一次动手打女人，一个和他交集不到八小时的女人。他打了她，又把她带回家，一个热水澡、一身干净旧运动衣，还有两碗热腾腾的泡面，这就是他们那么多年交情的开始。

外面狂风暴雨，树木的枝干被风吹断摔落在地，好像一个被命运反复羞辱的人。大喜和林海生出同是天涯沦落人的感触，推心置腹地说了半宿的话。林海说那几年在卢音那里受到的轻视、利用、冷落，说得舌头发苦。大喜听的多，说的少，没怎么提恨，只说最爱那个人的时候，光脚踩在他的鞋子上，把手插在他的衣兜里，和别人说话都忍不住看向他。大喜脸埋进膝盖里，低低地说："好想死啊。"

天快亮的时候，大喜起身告别，眉目欲言又止的样子，还是开了口："你能不能再帮我个忙？"

林海神色一凛，怕她开口借钱。

不是借钱，但比借钱更麻烦，两天后，他陪大喜去鼓楼医院打胎，孕期快三个月了，差点儿就要引产。林海说："你这又是何苦呢？"

做完手术还被麻醉的大喜眼睛迷蒙："总觉得还会有转机啊。"

他扶着她走出医院，在马路上拦出租车，地址说的还是林海家，他当攒爱情的人品，主动提出照顾她两天。大喜连忙慌张地从包里拿出钱来，林海在那一瞬觉得这个女孩很可怜，他什么都没有拿。

林海在厨房里炖汤的那会儿，大喜在床上不小心睡着了，醒过来时天已黑透，梦里有鸽子温柔而嘹亮的鸽哨。床头的保温壶里是鸡汤，好苦好苦，像加了全世界的盐。

“你疼吗？”

“不疼，只像一只梨子被刮掉了内核。”

可是，也觉得好像一辈子就这么完了。

九月的最后一天，晨光熹微，淮海西路上一家小店面悄无声息地开了出来，5点58分，是三十元算来的吉时，林海、大喜忙了彻夜，都累得瘫坐在马路牙子上。这真是一家不能再小的店面了，却派作两用，既是大喜的服装定制店，又是林海的摄影工作室，取名大喜大海，好是喜庆。

天佑他们，两人都发展得不错，仅开张半年就把欠下的房租全部还清了。他们也不用再蜗居在一百平方米改成六个单间的房子里了，林海要搬家，租了一套单身公寓，大部分原因还是为了能请卢音来家里坐坐。

搬家前一晚，大喜做了一大桌子菜，没地方放，摊在地板上，又买了红酒和蜡烛，一顿像模像样的告别饭。不知为什么，林海吃着喉头哽咽，想起最初创业的那一阵儿，和大喜没钱吃饭，就在店里啃几个馒头，大喜总是给他买肉，自己吃素；没有钱买新的沙发、家具，就租了辆面包车去夫子庙二手市场淘回来。最惬意的时候，莫过于傍晚快要收工，和大喜一人抱半个西瓜，坐在店门口挖着吃，籽吐得满地都是，再抽一根烟，身体心头全是舒坦。这么想想，有点儿舍不得大喜了。林海说：“你也搬吧。我们住一个小区，继续做舍友。”

大喜摇了摇头，说：“我喜欢这里。不想走。”现在的大喜，变得非常温柔，像一个没有脾气的人，没有事能触动到她。

林海安慰她：“大喜，你还年轻，什么都能重新再来。”

“人和人其实不就是凭勇气分出区别来的，林海，你祝我以后都有勇气吧，能真的重新再来。我也祝福你和卢音，祝你最终抱得美人归。”

林海的心像被一记温柔的拳头击中，迷迷糊糊地把头埋进大喜的胸口。大喜的胸一片冰冷，像天上冷冰冰的月亮。他就这么睡着了。

大喜一个人把剩下的酒喝光，吻了吻沉睡的林海，推开了门。

她心里清楚有些事情已经有了结束，比如那个善良的男人，那个在她跌到最低谷的时候接住了她，拎着她的脊梁骨让她站起来，站成现在这个样子的男人，大概要永远失去他了。

喜欢一个人，总是反复提起他的名字，爱一个人，却是默无声息。二十七岁的大喜好像什么都没有，唯独还有这点儿英勇。

情感失意的人总是特别能专注，因为一胡思乱想，就容易被自己打败。

这几年，林海和卢音几乎没有进展，大喜对他的好感，以及那个不记得有没有发生的吻，他也视而不见。事业顺风顺水，开始有人请他去拍模特写真，他请不起团队，大喜一个人几乎能包揽所有助理的活。那几个月，一个略显憔悴的女人，有明亮的眼睛，她听话，天冷的时候裹着一件军大衣，背着几个大包，跟着这个男人走南闯北。他镜头里的女人都很美，她却再没有入过镜。

林海在这一行做出名气是在2010年，他也终于抱得美人归，卢音像一只倦鸟，恹恹地栖在他的怀里。他们出双入对，毫无下限地秀着恩爱。林海志得意满，揽起了红娘的活，一定要把一个医生朋友介绍给大喜。约出来四人吃饭，大喜举止得体，耳垂、脖颈上各一粒珍珠。医生说："赵小姐，你的裙子非常有特色，令人印象深刻。"

大喜垂头笑："我只是一个裁缝。"

“完全有设计师的样子了。”陌生男子语气有赞赏。林海没有说话，仰头喝光了杯中的酒。这一桌两个女人，卢音骄纵难哄，大喜像块冰，怎么都捂不热。

半个月后，这两个失意的男人又一次聚首，在夜排档上喝闷酒，林海又叫了一盆麻辣小龙虾，嚷嚷着要请客，一摸口袋钱包忘拿。医生说：“我来我来。”林海一摆手，拨了大喜的电话，一定要让她来送钱。

大喜赶到时，两个男人已醉成猫，趴在油腻腻的桌子上傻笑，林海耍酒疯，口不择言：“大喜看不上你？你是不知道她的过去啊，她还有什么资格去挑剔别人？”

大喜蓦地像被针刺住，怎么也动不了。那个扶你起来的人，安慰你能重新再来的人，其实心里从没有看得起你啊。

林海回头，大喜一张惨白的脸，看着让人那么伤感。他记得他说了句“对不起”，头砸下去就不省人事了。大喜把账结了，打车把林海送回家，安顿好，医生从洗手间里走出来，已经清醒了大半，沉静地说：“大喜，我想和你谈谈。”

大喜也坦然：“我喜欢他，他帮过我，对我有恩情。”她提起林海时感动的样子，声音都微微颤着，好像那个人在她心里埋了颗种子，能开出带刺的花，开在心里轻轻地扎。

医生释然："大喜，你是个好姑娘。有情有义。"

大喜笑："你结婚时，我尽心帮你的新娘设计婚纱。"

医生走后，大喜才觉得伤心，想起刚才林海轻蔑的语气，心里是真的疼，去卧室看了他一眼，灰心地关上了门。

次日林海来道歉，一大束喷香的茉莉，还有一套化妆品，诚意十足，大喜收下，就此翻篇。

大喜以为她和林海也许就这样了，一辈子在这座城市里相安无事地处着，看他志得意满，看他美满甲天下，看完所有人生里的得意和失意，差不多就老了。然而有一天，林海跟她说他要走了，要陪卢音去北京发展。公布这个决定的时候他们在酒吧，大喜听着什么话都没有，向他要了支烟，淡淡地抽完，笑："挺好的。"

他们交接完业务上的事，他们的工作室本来已经扩张到三个店面那么大，林海说："你一个人也用不了这么大地方，退掉一个吧。"

大喜说："我心里有数。你放心吧。"

她送他去机场，离登机还有半个小时，两个人杵在那里不知道该说些什么。林海现在好看，自信又懂得打扮，一件灰色的风衣，真是好看。他张开怀抱，对大喜说："我就要走了，抱一抱吧。"

大喜顺从地钻进他的怀抱，熟悉又陌生的气息，像一个港湾，像一片海，像一个遥远而渺茫的梦。一个拥抱最多一分钟吧，忘怀却要好久好久。大喜心里忽然就慌了。

林海拍了拍她的肩，潇洒地耸着肩膀走了，那么意气昂扬，明明只是背着双肩包而已，却好像是背着AK–47的士兵。

大喜孑然一人回去，去酒吧喝一杯，门口一张海报写着“我们的啤酒和你前任的心一样冷”。她开了一打，自斟自饮，一醉方休。

这一别就是四年，其间有一次两人都在上海出差，林海应酬完，在衡山路的路口等大喜，她的头发长长了，更瘦了一些，在马路对面，看到他，眼睛发亮，一路跑过来，开心得不像话。

又是说了半宿的话，林海心里怅然，为什么爱的人无法宽慰，那么多年，还是大喜最懂他。他宽大的手掌揽着大喜的头，额头抵着她的额头：“大喜，好好过。好好过。”

大喜依偎进他的怀抱：“我从前爱你。”林海点了点头，手在她肩膀上平抚了几下。

重温往事，令人难过又羡慕。他想到和卢音的种种走投无路，不发一言。

真正的分离是什么呢？不是再也不见，而是即使她在你面前，你也清楚明白你的未来不会有这个人了，并且打心底里接受。

林海在机场送走卢音，她的背影威风凛凛，像大朵的高秆向阳花。他突然就明白了当年大喜的心，祝福是发自心底，留恋是沉默。

林海悄无声息地回到南京，那条最初承载他奋斗与失意的淮海西路，他们的“大喜大海”已经没有踪影，大喜回了家乡，音讯渺茫。

春日暮色，暖黄的夕阳把街道上每一棵梧桐都染上了金粉，沉沉的暖意，让人微微喘不上气来，林海突然明白了这几年大喜的有情有义。

可是那么多年，爱是孤单的原野，大喜一个人狩猎，终于也累了。

·江州司马青衫湿·

这世上失落的爱，真的太多太多，你经过就好，不要哭。

一个故事不会比一次暗恋更幽深，一部电影也不会比一生更深远。2004年的罗大佑演唱会，他唱完一首歌，下了场，黑漆漆的舞台上，没有前奏没有灯光，突然在黑暗里清唱起一句：“我将青春付给了你……”听说亲历者无不潸然。

那年林昭在现场，望着站在她身边的少年，心里感慨万千。陈凯比她小两岁，那年十八岁，高三，理直气壮的叛逆期，逃了学校的誓师大会，跑到南京拖上她去北京见偶像。林昭不爱罗大佑，爱的是身边的少年，明明还是不懂温柔的毛头小子，却像是初见了爱情的模样，心里有块地方极软又极硬，被那个看着冷漠的老男人的歌词一碰就疼。

林昭承认，从很久以前，她就已经不了解陈凯了。虽然还是一个初中一个高中地上着，她对他的印象却永远停留在锅炉厂家属大院里，他年纪最小，却总嚷嚷着自己是大哥，骑在一个小胖墩的肩膀上，圈地封王，那时小姐姐林昭和他最亲，一度被封为皇后。后来有人嘲笑陈凯，说他找了个司机的女儿做皇后，还比自己大两岁。渐渐地，他开始封大院里别的女孩子做皇后，而她被指派给二皇子做王妃，而二皇子总是很快就被他处死。林昭玩得没意思，早早退出他们的游戏，一个人回房间看书做功课。自己的一份，陈凯的一份，所以学到《琵琶行》的林昭永远记得陈凯的《项脊轩志》，她在他前面那么多，陈凯不懂“吾妻死之年所手植也，今已亭亭如盖矣”，也不懂“座中泣下谁最多？江州司马青衫湿”，也不知道她爱他什么。

十六岁的林昭学会了抽烟，一个看似四平八稳不会出错的好学生趴在阁楼的窗户上安静地抽烟，有时天边是云蒸霞蔚，有时是辽远的鸽哨。对陈凯的暗恋就这样日复一日地被抚摸、被吸纳、被稀释、被放低。没有人比她更盼望着高考，十八岁的时候离开这里，离开只有陈凯的世界，忘怀这些苦涩，尝尝爱的甜蜜。

2004年，在T7842的回程火车上，林昭自然而熟悉地把头靠在陈凯的肩膀上熟睡，他身上淡淡的烟草味，他埋头给喜欢的女生发短信“嗒嗒”的声音，都潜伏进午夜沉闷的铁轨里。林昭不记得自己当时有没有哭，但当火车在南京南停下，陈凯帮她把行李拿下来，咧嘴笑说“等着大哥一年后来罩你”时，眼泪真切地落了下来。她还以为多年的淡漠让她再不会为他哭了。

凌晨两点的站台上，颜峻裹着羽绒服等着她。颜峻是林昭的男朋友，学画画，不会甜言蜜语。

循规蹈矩的一生我们可能会多活十年，不过二十岁的十年和三十岁的十年是截然不同的，所以二十出头的林昭从某种程度上成了一个享乐主义者。有美院才子做恋人，身边一帮会打扮会玩的姐妹，看过最深的夜，也满身酒气地等待过辉煌的日出。林昭自己的生活丰富多彩，哪怕想起陈凯时总觉心里黯淡。

听说南师国际班来了一个帅气又张扬的学弟，军训一个星期就和校花孙芸谈起了姐弟恋。林昭被宿舍姐妹拖着去看，一片浑浊的迷彩服里一顶桃红色的鸭舌帽，狷介昂扬的人果然是陈凯。一年了，陈凯黑了一些还是白了一些，已经无从分辨。她被他拉扯住的心境却是一样。孙芸戴着和陈凯同样惹眼的帽子，趁休息时就跑去给他送水，周围一片嘘声。林昭没有上去打招呼，置身事外地看了一会儿热闹，扭头走了。

开学一个多月后，陈凯才来找林昭，撒娇似的要她请吃饭。在宁海路的一家小馆子，颜峻特意赶来付账。她这样介绍陈凯："我爸以前领导的公子，现在是我们的学弟。"两个大男生互看了一眼，埋头吃饭，都不搭理对方，她对着一桌子的静默，惴惴不安。

那次之后，陈凯鲜少联系林昭，在偌大一个学校也少有遇到。真是奇怪，两个年少时那么亲密依赖的人，长大了反而越来越生疏。大概都是因为林昭，陈凯也问过她，为什么突然变得这么别扭。十几岁的少年不懂，喜欢你就像是被绑了线的木偶，在你面前连路都走不好。

陈凯二十岁生日，排场极大，生日饭吃了几顿，最后在KTV包了一个大包厢请同学唱歌。林昭也受邀，远远看见他和孙芸金童玉女般站在门口，那种熟悉又麻木的疼泛了上来。是到很久以后，林昭才承认，陈凯就像是她一个怎么都放不下的梦，总有灼痛。林昭没有进去，托同学转交了生日礼物，像一个自愿退场的小兵，甘心地退下了。

陈凯拆到他喜欢的蔡健雅的新专辑时，看到一张贺卡，林昭一手工整的字："愿永是鲜衣怒马的少年。"是祝福也是缅怀，她什么都没有说，陈凯却觉得她什么都说了。手机调出林昭的号码打过去，她清冷地接了，说在画室陪颜峻画画，所以就不过来了。

陈凯自嘲地笑了笑，这就是林昭，走半步，退后两步，还怨怨地怪他们越来越疏远。

颜峻懂林昭的懦弱和落寞，但也只到懂为止。大四的时候颜峻带了所有的画具去了北京，他是不容易快乐的人，林昭给过他安慰，后来就没有了。

他们在宁海路上一起租的房子还有半个月到期，林昭一个人住着，台风夜来了不速之客，陈凯浑身滴着水走进来，嚷嚷着饿，要吃宵夜。林昭还记得他的口味，喜甜，爱吃瘦肉，做了一份芝士煲仔饭。他狼吞虎咽地一大勺一大勺地吃，林昭坐在对面就着客厅的光看着他，忽然觉得只是这样看着他吃饭，就觉得过往生命里所有的黯淡都被抹去了。在吃剩的饭碗从餐桌递向水池的时候，硬撑着僵持了多年的关系好像也被暖阳般的凝视渐渐融化了。

也是那一年，林昭家里出现变故，父亲因为贪酒撞坏了老板的奔驰车，丢了司机的工作，没有办法，撇下老脸，拖着林昭去求当年的老厂长。老厂长和陈凯太像了，林昭想着大概就是他几十年后的模样吧，眼神也柔了下来。只是求人毕竟是低眉顺眼的事，林昭双手提着烟酒，头越埋越低。见到陈凯揽着孙芸走进屋子时，简直想从地板挖洞遁走。

回程路上，父亲因为老厂长的承诺而喜笑颜开，林昭却只想哭，哭小人物的命运，哭这难以取悦的命运，哭所有根本不该有的相遇。突然间，她的情绪崩溃了，一向温和的林昭号啕大哭，她伤心又放心地哭着，她以为什么都不懂只爱烟酒的父亲什么都不知道。而老人只是背过身，无能为力地给了她一个背影。

半年后，陈凯去英国读两年的交换生，孙芸两个月后毕业，也跟了过去。至此怀疑过他们姐弟恋的人都相信他们会有好结果。痛哭过的林昭灵魂注了铁，无动于衷，找工作投简历，一心只想在这座城市扎根下来。

2008年，林昭日渐稳定，贷款买了一辆车，因而更热衷于加班。有次夜路回去，电台一直在放王力宏的歌，突然想到这么多年喜欢的人其实都一样，大男生、孩子气、会唱王力宏的歌、喜欢开快车、爱烟爱酒爱美人，其实都是陈凯的模样。有的时候林昭很想给陈凯打一个电话，哪怕什么都不说，听一听他的声音也觉得很好。

这期间，陈凯回来找过她一次，轰隆隆骑了一辆机车，在下班的路上突然出现，拦腰把她抱上后座。那么熟稔，好像从没有离开过。那个夏日黄昏，烟霞漫天，林昭抱着他的腰坐在他机车的后座，像逐日的夸父飞奔进渐沉的落日里，好像永远没有尽头，浸在海水般的夕阳里，她闭上了眼睛，听到陈凯逆风喊着："林昭你是不是喜欢我啊……"

喜欢啊，像喜欢一位明星，像喜欢雨后的彩虹，像喜欢黯淡生命中历历可数的星光。他们在湖边开了一打啤酒喝，聊他国外的生活，聊她的现状。微醺的时候摸到陈凯中指的戒指，冰凉又带着人的体温，林昭恍恍惚惚地笑了。

林昭和陈凯有地下情的那年，她已经二十五岁了，还做那么愚蠢至无法回头的事。

像多年的一个心魔，缠绕着她无法安宁。最爱陈凯的时候，林昭和他躺在沙发里，她痴痴地看着他："一个人怎么可以那么爱另一个人呢？我想把我的心给你，肝给你，胃给你，你要吗？"陈凯打量了她一会儿，俯下身细细柔柔地吻她。

他们一起去普陀山烧香，请了姻缘红绳绑在手上，一一把佛像跪拜过去，香火鼎盛，走在山间像走在仙境里。陈凯把玩着林昭的手，在自己的手掌上比对，她连忙缩回来，说比过手大小的男女都会分手。陈凯哑口失笑，林昭也黯然。

“我们只是在一起，从没有真正恋爱过。”

陈凯回英国的期限将至，林昭如临大限，整夜整夜睡不着，清晨的四点有垃圾车轰隆驶过，五点有雀跃的鸟叫。这个城市的清晨，夜市收摊，早点出摊，夜归的人疲惫困乏，早出的人则神采奕奕。整个世界不明所以，她看着路灯一盏一盏地熄灭，天光未开，一切混沌未开。那个时候她总是自责万分，想着一定要离开陈凯，再也不能这样了。

可惜他说一句“你别走”，她就偃旗息鼓，留了下来。

陈凯回英国后他们仍有来往，浑浑噩噩地这么过着，竟不知岁月催人老，可她对他却始终是初心。有年盛夏，林昭在开车，忽然有个号码令她心里一颤，然而接起来却只是一个毫无情义的推销电话。林昭把车靠边，脖子靠着椅背，听完那十几分钟的产品介绍，只为那个号码曾经是陈凯的。

谁说的，爱一个人总是曲曲折折地想到他。

然而，2013年传来陈凯和孙芸的婚讯，他们两人都已定居英国，结婚早能预料，只是林昭这样性格的人，只有事情确凿发生时她才真正相信。那天她躲进电影院，整整一天没有出来。深夜十二点有陈凯喜欢的王家卫电影的首映，宫二爱得正气，幽微又坦荡。

“民国二十六年，我打算去东北，因为那边有一座高山。大衣我都做了。后来因为打仗，所以没去成。大衣没留下，只留下一颗扣子，算是个念想。”

这是林昭自己选的爱情，他隔江隔海来，只留下一颗扣子。

林昭三十岁的时候，才真正明白过来，年轻的时候以为一生会遇上许许多多的人，然而所谓机缘，其实也不过那么几次。

林昭和陈凯，从少年时依赖的情感，到成为恋人，后来那几年锱铢必较，成了最无法安慰的人，退无可退，只能永远分开。她记得和陈凯的最后两面，可是却已经想不起来，哪一次是真正的最后一面。因为都是那么难过，又难过得舍不得他就这么离开。

一面是年末，公司年会，林昭要领一个“贡献突出新人奖”，盛装出席，选了陈凯送给她的华伦天奴大红色礼裙，腰肢纤细，是林昭几年前的尺寸。后背的拉链怎么都拉不上。喊了陈凯，背过身，他冰凉的手按在她的腰上，嗞一声，好像一个故事完美地收了尾。双手恋恋地放在她的肩膀上，从梳妆镜里隔着冷冷的玻璃似不为所动地凝视着对方。陈凯向她祝贺，说恭喜。林昭歪头笑着，耳环轻轻靠在他的手背上：“真好，今天终于没有吵架。”

还有一面是接近早春，陈凯来拿他留下的几个高达模型，站在公寓楼下等着，路旁的玉兰有一些开了，清淡的白色。陈凯接过纸盒，没来由地问了一句：“你后悔不后悔？”也不知道他指什么，林昭摇了摇头。花树也在风中摇摆，冰凉的香气像急雨，撒得他们满头满脸。林昭烟嗓咳嗽了几声，紧了紧线衫，转身往回走。那一瞬，她才悲哀地相信，那个多年以前薄暮时分陪她穿过半条老街去吃一碗葱油拌面的少年已经离开她很远了，在他自己的人生大道上甩手甩脚、志得意满地走着。什么是爱啊，大概就是那个夕阳下，他手插口袋，挺肩一回头的样子。

他爱过她，她一直爱着，却始终没有并肩的英勇。这世上失落的爱，真的太多太多，你经过就好，不要哭。

那么辉煌的落日，烟霞漫天，我也好想有一艘船，可以调转方向，逆时光河流而行，不间歇地向过去驶去。

· 一艘1900的船 ·

《海上钢琴师》里的1900，一辈子都在那艘大船上。

看过的小说里有个姑娘，她和她的画家男友在北京，他们的第一张床是用540本《新华字典》搭出来的。她躺在这张学识渊博的床上，一点儿也不担心明天晚餐的着落，真是个没心没肺的丫头。

我把这个故事念给江程听。我说："他们和我们一样。"在北京的第二年，我们从地下室搬到了阁楼，床是最值钱的家当。因为我要“大”字形躺在上面，像植物一样被浇着阳光，望着明晃晃的天，吹牛、做白日梦，否则抵抗不了这清贫的日子。

我的梦想是当一个死红死大牌的作家，虽然我现在每千字150元。江程的梦想则是要当比日本那个色老头米原康正还要红的摄影师，拍遍全天下的美女，实在肥美的那就睡上一两个。“肥美”是他给我的词。我很看好他，在生活中是一流氓，可要去闯荡文坛的话，他可能就是“冯唐第二”。

毕业后，我们就这样过了两年。好像曾经白衣飘飘的70年代，王朔、石康、高晓松都还没有老，大把姑娘等着他们泡。世界很美好，我们像他们一样，清高、自恋，躲避现实，忠于理想。

第三年的时候，我说：“江程，咱们俩得牺牲一个，俗一个，接地气一个。你得去赚钱，去开公司，去当奸商，赚好多钱来给我花，这样才了不起。”

可是他对我说：“很多了不起和钱一点儿关系都没有。”

“举个例子呢。”

“比如曾经有一个作家住在美国的荒郊野外，吃腻了自己做的汉堡炸鸡，就搭一辆车到纽约，打给一个不认识的女影星，说，我是写《麦田守望者》的塞林格，我想睡你。然后他就睡了那个女影星。”江程转过亮晶晶的眼睛望着我，“这就很了不起，但是和钱没有任何关系。”

我歪着头想了想，觉得有那么点道理。

那是2007年，那个时候我瘦成一把骨头，剪男孩子一般的短头发，总穿白T恤和牛仔背带裤，平胸，胸前的兜兜里总装着自来水笔和便笺纸，像一只母爱泛滥的袋鼠。

我们在北京蜗居了两年，几乎哪儿也不去，常常还是会在伟大的首都迷路。我觉得我们就像《海上钢琴师》里的1900一样，一辈子都在那艘大船上。我们对这个世界也有欲望，但不会虚妄到超出船头和船尾。

《海上钢琴师》是我最爱的电影，江程是我最爱的男人，那时我拥有着他们，每天醒来，都有一个时刻觉得诸事完美。

那么一个时刻。

手机屏幕上亮起一串熟悉的号码，我接起来，声音明快。他在那头轻笑：“在吃东西吗？”

江程到底还是了解我，知道我发出这样的声音的时候，一定正在吃东西或者即将去吃东西。

我半张脸埋在餐盘里大快朵颐，应了他一声，又囫囵吞下一大口牛排才问："有何贵干？"

"给你寄了快递，明天应该能到。是一瓶酒，一瓶性格很像你的酒。"

我噎了一下，反问他："我是什么样的性格？"

"天真和残酷并存。"他挂了电话。

这是我们分开后的第五年，联系越来越少，一年也就几个零落的电话，但从未失去过音讯。

他去每一个地方，有值得的、好的东西都会买下来快递给我。他说这是他以前欠我的。

五年后的江程变成了商人，去过好多地方。读万卷书不如行万里路，他现在是见过大世面的大人物。

我们的那艘船应该已经彻底沉没了。

2007年4月13日，我们同时下了那艘船。分手那天，江程还在重复那一句话："有很多了不起和钱一点儿关系都没有。"我"呸"了他一声，我实在受够了这种断水断电断粮，躲房东像老鼠躲猫一样的生活。我歇斯底里："江程，我告诉你。我就是虚荣，我想实现梦想，想住上大房子，过上好日子。我想这些都快要想疯了。"

“可是你说你爱我。”

“对，可是我现在不想爱了。”

我们摔破了仅有的几个碗、几个杯子，从此分道扬镳，如脱线的珍珠各自滚落到不同的生活片段里。

我收到了那瓶酒，芭比粉的瓶身精致地装在木盒子里。我在一个风和日丽的春日午后打开它，像在舌尖裹了一条丝绸，口感却是甜蜜而锋利。酒本该是粮食或水果的腐坏啊，怎么能如此美味呢？

为什么我们腐坏的爱情没有这个好运呢？

我喝着江程送的酒，眯起眼睛重温《海上钢琴师》，那里面有个家伙说：“我一直希望你下船，在陆地演奏，娶妻生子。这些在生命中虽非完美，却值得一试。你向我介绍你孩子的妈，邀请我共进丰盛的晚餐。我会带甜点和一瓶酒；你会说，太客气了！你带我参观盖得像船的家，你老婆在煮火鸡，我会称赞她的厨艺。我要送你骆驼毛大衣，你穿起来一定很体面……”

我流下了好多眼泪，又委屈又愧疚。

离开江程以后我去了上海，有过一段惨淡的日子，之后渐渐混得有点起色。最近我接了一个好差事，帮一家做brand–building的老牌公司写微电影剧本，一共上、中、下三集，关在酒店房间里一个星期，给吃给喝，写完才能够放出来。

上海正好进入连绵的雨季，我在这间大而空旷的房间里，拉上厚重的窗帘，像一只进入冬眠期的狗熊，不知朝夕。落地灯光线温柔，空调呼呼地响，我穿着件皱巴巴的工装衬衫，发呆地看着浓而滚烫的茶，香烟嘶嘶地燃烧着。

我感觉到快乐，可我也感觉到落寞。窗外是外滩，雨像缤纷落英纷纷扬扬地掉进去，我披了件外套，出门买大前门和燕京啤酒。

呵，北京的味道。

与旧情人相逢的场面应该是这样的啊，在一间灯光柔和的餐厅，各自衣着体面，挽着登对的伴儿，打个照面，各自说一句沉在心底的"好久不见"。

而绝非是现在这样，一个穿着邋遢的运动服，一个穿巴宝莉经典款风衣；一个拎着啤酒、花生、豆腐干，一个拉一只银灰色的行李箱。我不甘心地闭上了眼睛。和江程一对比，我简直就像是一个失败者。我就是小心眼，见不得他混得比我好。

他本来是来谈生意的，结果变成了和我在房间里喝酒。他霸占了我雪白的大床，抽了我的大前门，开了我的燕京，花生一颗颗丢进嘴里。在占了所有便宜以后，他还瞟了我一眼，骂骂咧咧：“连夜飞了两千公里过来，不去赚钱而是在你这里喝酒，心里真他妈愧疚。”

他喝了酒就耍无赖：“你赔我33万的订单。”

我真想打开窗户一脚把他踹进黄浦江喂鱼。

可是他又说，这个世界上能让他赚钱的人有很多，可是能令他觉得畅快得像出了口恶气的人很少，我算是一个。

后来我们都喝得有点高，各自盘腿坐在地上靠着床，收起了玩笑的姿态，终于肯说一些推心置腹的话。江程说：“过去我可能真的错了。我不可能一直过着苦日子，还想着和我的女人去做一些铭心刻骨的事情。”

我却笑了：“可是我现在觉得，好多了不起和钱真的没有什么关系。”

天一点点亮起来了，我打开房门送客。他在门口踌躇了一会儿不肯走。走廊的感应灯亮了一会儿又熄灭，我醉眼蒙眬望着他笑。他说：“自己要好好的。”

我突然变得很软弱，好想和他拥抱一下。可是我恶声恶气地说：“快走吧，快走吧。”他无奈地看着我：“可是你拽住了我袖子啊。”

我像触电一样，倏地松手。他走近一步，撩起我的长发，在后颈温柔地印上一个冰冷的吻。

他说：“有时候还梦见你短头发的样子。”

他说：“遇到事不要怕，有事就来找我。”

班长和团支书终于结束爱情长跑要结婚了，久别重逢的老同学们唏嘘慨叹，七年全缩在一杯酒里，闻得到时间的香味，也看到了青春只剩下兔子一般的尾巴。

江程来得有些晚，席开了大半才风尘仆仆地赶来，自罚三大杯，一点不扭捏，好痛快。宴会厅的灯光明亮耀眼，我隔着人群细细凝视他，突然发现他和我记忆中的江程有些不一样了，世故了些，柔和了些，也老了一些。大概这几年他总是在笑，眼角好多细细的皱纹。我看着，蓦地有些难过。

席散的时候已经夜深了，秋意萧索，又喝了些酒，心里真是伤感得不得了。在门口和大伙一一拥抱告别，真不知道这些人下次再见又会是什么模样呢。

我准备过马路喊出租车，江程在身后喊住我：“你等等。”

“不用送我了，你喝酒了，开不了车。”

他走上几步，拉着我的手，固执地把我拉到车前。不过是打开了后备箱，里面一大束黄玫瑰。他说：“后天就是你生日，我怕这个生日又错过。”

我有些感动：“你从没有错过我的生日，每年都会打电话过来，不管多晚都会的。即使有一次应酬到两点，你也在洗手间一边吐一边给我打电话祝我生日快乐，祝我年年岁岁有今朝。”

江程扬起眉毛，笑了笑。

我摘下花间的卡片，纯白一片，没有只言片语，不再说什么，只是有些失望。

“写了好几张，都不能表达心里想说的话。只好什么都不说。”他看穿我的心思，又说了一句，“生日快乐。”

站在我眼前的这个男人，他穿雪白的衬衫，颜色轻渺得一尘不染。

他的肩膀更宽阔了一些，他被岁月浸润得温和而迷人，只是鬓间的星点白发也令人伤感而怅惘。我忍不住向前一步，摸了摸他的衣领，又摸了摸他的脸，傻傻地笑。

他说：“重新开始吧。”

Chapter
2

I need you

她爱他的心，那么明明白白，
像司马昭之心，路人皆知。
爱情让人委屈得忍不住想哭。

·旧日繁花如梦·

唯有无法实现的爱，才可能浪漫。

最后一盏路灯的光像风吹过蒲公英一样熄灭了，墙壁上的空调突然发出长长的叹气声，好像做了噩梦一般。这记声响让原本我以为停滞了的时间又流动了起来，我揉了揉失去知觉的双腿，扭头看窗外，太阳还没有升起来，是令人沉醉的烟黛色；我又回头看宋航枕在我腿上的脸，泛着幽微的冷灰色泽。

他站起来的时候踢翻了地板上的空酒瓶，连绵的声响在这阒然的清晨显出些欢快的意味，我不知道为什么始终没有对他说出“再见”两个字，可能我内心还有一些难以言述的企盼。

他走了以后，我转身进厨房，黄金炒蛋的香味冲淡了离别的悲伤。

当第一缕阳光像变魔术一样把暗淡的厨房撒上金粉时，我哭了。我想起我和宋航，我们就像少年派和那只孟加拉虎，人生是不断地放下，可遗憾的是我们无法好好告别。

那个男孩，或者说那个年轻的男人，曾在我身上寻找长久的浪漫。我不知道他离开的时候有没有得到他想要的。但是我后来，在伍迪・艾伦的电影里找到了答案——唯有无法实现的爱，才可能浪漫。

我和宋航的爱情开始于一句我的豪言壮语：“酒逢知己千杯少，这杯我干了，你随意。”

我右手提着喝空的酒杯倾向他，两颊泛红，笑得太开心的时候露出锋利的小虎牙。宋航说他就是从那个画面开始爱上我的。

那是宋航的开始，他遇见的夏冰，看上去冷冷的，有些没心没肺、玩世不恭，一个读研的文艺女青年，一个署名遥遥无期的三流小编剧。

赴那个饭局我迟到了半小时，推开门走进一间烟雾缭绕的包厢，半桌喝得双眼迷离的家伙们一口一个宋公子地喊。那是我们一个不成文的规定，谁被姓后面加了个公子，就说明他挺有钱，是请客埋单的主。那顿火锅吃了宋航1488元，我记得那么清楚是因为是我拿他的信用卡刷的，没密码，划一下就好了。我把卡递给喝高了的宋航，说："收好了，别弄丢了。"

他醉醺醺地看着我："你就是老夏吧，我看过你写的诗，听过你的故事。我要追你。"

我吓了一跳，但是二十七岁的女人绝不能在气势上输给二十五岁的男人，所以我笑了笑，说："好啊，欢迎呀。"

我没有当真，我在这个聚集了南京大多数青年艺术家、作家、电影人的文化圈里被叫作老夏。

谁都知道我爱过一个四十岁的导演，最后被南艺一个二十岁的富家妞撬了墙脚。我想宋航可能听过我的故事，所以才会在酒醉后，在初见面时，就这么直接地说出要追我这样的话。一个女孩轻易爱上比自己年龄大很多的男人，总显出一点轻浮吧，像下过雨的柏油路上浮起的那些汽油。

我和导演的故事发生在我还被称为小夏的时候，那时的小夏天真有理想，勤奋努力，有一腔要在这个圈子里大展拳脚的热情。我和他因为一部三流小成本电影结识，那时候的导演在我眼中是亮丽的、柔美的，诗人般优柔寡断，又有男人的真诚结实。他虽然和我一样无名，可他有跻身第六代导演的雄心。

我们在2008年的冬天，烤着剧组里的火炭，喝排骨萝卜汤，谈论安德烈·塔克夫斯基、伍迪·艾伦、阿莫多瓦、费里尼，是一段不能再好的时光了。

然而青春也分廉价和昂贵，一样折射着光，可以是玻璃，也可以是钻石。我想，对于后来的导演来说，能彻夜长谈电影的我只是玻璃，而那个能带给他巨额投资的女孩是钻石。分手的那个饭局上，人乌泱泱的，有些人为我抱不平，有些人是看好戏，我把一玻璃杯金六福往桌面一摁，咕噜咕噜地喝掉，还笑着对导演说："祝您前程似锦，祝您大展宏图。"

导演说："小夏，你不要这样。"

我就昏死过去了。

那还是2008年，南方大雪成灾，我喝晕过去后两个朋友把我抬了出去，后来他们和我说，那晚的夜色漆黑浓稠得吓人，棉絮一样的雪落下来，盖在我的眉毛上、眼睛上。他们抬着我过人行道，去马路对面打车，那感觉像抬着一个死去的人走在乱石岗上。

我把这个场景复述给宋航听时，无论是语气还是心境，都比我想象中平静得多。我不知道自己和这个吃过几顿饭，扬言要追我的男孩说这些有什么意义，可能这些伤害在我心里真的积压太久，我渴望有一个出口。

宋航有一双稚嫩而真诚的眼睛，他说："老夏，可惜那时我还不认识你。"

我像一个挨了打忍着痛忍了很久的孩子，突然找到一个可以喊疼大哭的人，那个夜晚我们从咖啡馆到酒吧，再坐在马路边，整整聊了七个小时的天。我不停地说，他像乖巧的录音笔搁在我的身旁。最后我终于说累了，抖出烟盒里最后一根烟："听了这么多苦大仇深的过去，这下对我喜欢不起来了吧。"

宋航突然伸出手，用大拇指揉掉我的眼泪："我要去告诉那个导演，从今天开始，这个女人我接手了。"

他自顾自地把我拉起来："走，兜风去。"

我坐在他改装过的机车后座上，感受着夜风擦着耳膜呼啸而过。隧道幽深而昏黄，这样一辆车疾驶进去，像滑进一幅流动的浓墨重彩的油画。宋航大声地问我："老夏，你喜欢王家卫吗？这真像电影里的场景！"

我把脸颊贴在他坚实的后背上，轻轻笑了。

那个时候，我没有想到，我们后来会那么不好。

2010年除夕的那个雪夜我们一起度过，我和宋航在他那辆白色路虎里说晚安，那是我们第12次的约会，他送我到小区门口，说了好多遍晚安，但谁都赖着不肯走。空调嗡嗡地打着微弱的暖气，我拧开电台，正好是怀旧金曲，于是我们缩手缩脚地坐在车里听老狼唱歌：“麦克你曾经像一条船，长满了离离贝壳显得荒凉；麦克你再度回到这城市，可曾遇见旧日姑娘？她头上插着野花，身上穿着嫁妆……”

雪像白蝴蝶从漆黑的苍穹落下来，宋航跟我表白，他说：“老夏，我很喜欢和你在一起。做我女朋友吧。”

我笑弯了眼睛，我没有回答他，而是听完歌就下车了，带上车门的时候，我说：“宋航，不允许你喊我老夏。”

他咧开嘴就笑了。

宋航，若干年以后你会怎么回忆起我呢？是最初在你面前装孙子、装淑女的老夏，还是躺在你怀里在阳台上喝红酒、看文艺片的老夏？那时候的老夏是你的女人，你对她说过好多次你爱她。后来你都忘记了。

但是，我想宋航回忆起我时，想起来的应该是分手时牙尖嘴利、哭天抢地的老夏，或者是分手后常常在午夜梦回打他骚扰电话的老夏。那时候的老夏倾其所有深爱你，也同样对你仇深似海。那时的老夏，轻浮浪荡，她的模样，后来我都忘记了。

我只知道我现在的模样，沉痛过后敦实的平静，是你当初喜欢的矜持的、高傲的、静若处子的老夏。她又开始写诗了，混在她的圈子里，抽回她的兰州，等待爱情再一次像一场大火一样，把她从肉身到灵魂烧得寸草不生。

离这一天的到来还有一年的时间，整个2011年，我们过着太快乐的日子。我戒烟、戒酒，趴在桌子上用餐巾纸给宋航写了一长篇保证书，附注一个我爱你的深情表白。他来来回回看了两遍，满意地收进了口袋里。

我们最后一次在上海路上的酒吧街喝酒，宋航买下了整条街的百合花，多得我们两个人都抱不走，好心的酒吧老板借了一辆推车给我们。

我坐在弥漫着黑啤酒味的推车上，满怀的香水百合。整条街的人都在看我们，喝醉了酒的人是多么可爱。

宋航说："夏冰，今晚你是整条上海路上最幸福的女人，你快乐吗？"

不知道为什么，我酣畅地笑过以后，突然有些难过。就像见到商纣王的酒池肉林、秦始皇的阿房宫、慈禧太后的圆明园，烈火烹油，盛极必衰啊。我说："宋航，有些过了。我有点怕了。"

2011年的宋航，确实对我好得过分。他买给我好多姑娘梦寐以求的东西，我披金戴银跟着宋航到处吃香喝辣。

后来导演见过我一次，他更穷了，喝着萝卜排骨汤窘迫地问我借钱，我还是拒绝不了。我看着导演裹紧夹克走进风雪里的背影，心里对宋航愧疚极了。我发誓这件事死都不能让宋航知道。我得对他更好一些。就算他和别的姑娘、比我漂亮的姑娘喝咖啡，我也不吃醋了。

我满脑子想着宋航，饱暖思淫欲，整个冬天，我们都在菲律宾的长滩度过，碧海蓝天，落日如画，白天我们躺在沙滩上晒太阳，去海里潜水，到了晚上，手拖着手走在香味四溢的海鲜夜宵街上，拐进一家酒吧，连喝完它里面的十七杯就能把名字刻在墙上的英雄榜上，并且得到一件英雄衫。

宋航醉得迷糊的时候，总爱说："我会带你来这里结婚。"

事情就在从长滩回来后急转直下。

宋航在机场就被他父亲的电话叫走了，两天以后我才见到一脸忧愁无助的他。像《一代宗师》里的叶问，如果人生有四季，那么二十五岁以前，宋航的人生都是春天，然后一下进入一个肃杀的漫长的冬。树倒猢狲散，宋家显出从未有过的寥落景象。他在我房间足不出户整整睡了三天，我喊醒他的时候他总是痛苦地闭着眼说：“让我再睡一会儿，醒了太多事要去面对了。”

第四天，他终于振作起来，换了衣服刮了胡子出门，找他从前的朋友把能卖的东西都卖掉了，回来的时候还给我带了瓶红酒，说：“我们在家好好吃顿晚饭。”

我转身进厨房忙的时候，他突然在我背后开口：“我今天在外面听到一件很有意思的事情，你想听听吗？”

我故作感兴趣的样子，可是转脸看到他一脸冷淡：“听说你借了两万元给导演，是真的吗？”

这时油锅里冒起了烟，越来越浓，我把整块黑胡椒牛排轻轻放进去，它发出一声满足又显得有些轻浮的声音。我看着牛排，撒了谎：“没有。”

“如果是，那你太过分了。”那顿晚饭不欢而散。

那以后，宋航编造各种理由拒绝和我见面，他过去的朋友告诉我宋航要走了，他们全家在准备移民，国内生意失败，他们准备去国外东山再起。我不肯相信。

2012年后半年，整个南京有些人心惶惶，全城通缉着一个抢银行的杀人犯。那个理平头、一脸孤僻狠绝的男人是那个时期我最熟悉的一张脸。我城南城北地寻找我深爱的男人，却总和这个杀人犯的脸不期而遇。

2012年，我确确实实老了好几岁，成了名副其实的老夏，坐在一张旧沙发里，像干枯的橘子一样晒着温暖干燥又与世无争的阳光。我想着宋航，却快想不起他的模样。

我终于等来了宋航，不是他的人，而是他的短信。他说："老夏，我们就这么算了吧。我马上要去加拿大了。"

奇怪的是，我当时所有的感觉都滞后了，我没有难过，也不觉得愤怒，而是继续在沙发里坐到天暗下来，夕阳像一汪温泉浸泡着我。我站起来到阳台上收衣服，刚刚下过一场大雨，宋航从前停车的地方，落满了白花，像死去的白蝴蝶。

我夜夜流连在上海路。天快亮的时候，我坐在马路上，垂着快要掉下来的脑袋，给宋航打电话。我一听到他的声音就哭了，我说："我的房间满是你的影子，我在马路上看到一辆路虎，就忍不住弯腰去看开车的人。"

宋航沉默了一会儿，说：“你不要这样。”

深秋凌晨的大马路那么温馨，落叶一小丛一小丛地起火，温温地冒着烟。我从火堆里捞出一片着火的梧桐叶点烟，我恍惚听到我身后的摄影机说：“老夏，你的戏，杀青了。”

我趴在温暖的火堆旁心满意足地睡着了，梦里有一把热气腾腾的熨斗，把我的脑袋熨得平平的，好像一条刚刚铺好的柏油马路，柔软、腥气，蒸腾着海一样的热浪。

2012年最后一天，我康复出院，裹上一条艳丽的丝巾走进阳光里，发现我终于忘记了宋航。落日、河水、晚霞、花香都不会再令我想起他。

我唯一记得的是，那个清晨，我们没有好好告别。

·她的圆明园被一把大火烧了·

尽欢而散，终感悲凉。

人就是这样的，如果发乎内心，那么就是滋养，反之即是虚耗；人也是要多活一些岁月才知道，你和某个人永远无法斩钉截铁粗暴地结束，这种感情太深远，是生命里没有尽头的草原。

这些道理姜薇也是在很久以后才明白的，2006年的她，只是幽静黯淡地坐在一个夜自修教室的角落里。像所有职校一样，它处处努力模仿大学校园里的一切，却总是流于粗糙拙劣。而置身其中的年轻人，哪怕有着同样年轻的面孔，饱满的肉体，与对面大学里的年轻人分享同一条街道，从同一个摊贩手里接过一份快餐或是一斤水果，他们的人生都是泾渭分明的。

姜薇对这种分明无能为力，她身处这间冷清的教室，以一种格格不入的努力安静地做习题，墙边的暖气管里涌动着轻微的水流声，她有时就呆呆地趴在上面发愣。

不是对生活无望，也不是对前途担忧，而是爱上了一个人，那么深那么深地爱上，天寒地冻的季节里，独独一人湿淋淋的冷。

石头后来说："我记得你仰头定定地看陆远，打心眼里难过的样子。你知道你爱他，也知道你们没有可能，就像我一样。"

姜薇想：人是一样的，心里有了爱意，会很难受。

可还是想见到他，在天微明的早点铺里，豆浆温柔地沸着，油条热热地挤在一起，葱油饼霸道的香。他头发有些乱，用熬夜的眼睛浏览一下菜单，点了常点的那几样。他的声音是疲惫的温和，带着一点儿宿醉和烟的气息，非常动人。这就是陆远。姜薇记得他们这一拨儿人，以陆远为首，三四个男生，身边各带着女友，他们每次去包夜唱歌后，总会来这儿吃热腾腾的早饭。像是电池快要用完的玩具，都很安静，用眼神就能交流。姜薇趴在收银台上看着陆远，陆远凝视着身旁的女孩儿，用手拨了拨她耳畔的碎发。洒水车轰隆驶过，把人一一惊醒，于是陆远站起来，带着大家打车回学校。

日复一日，姜薇想对他好，总是豆浆多半勺，面条里的牛肉多两片。他们中的一个瘦高个子的男生若有所思地看她一眼，她脸红耳赤，赶忙在他的面里也多加了些料。石头口无遮拦，揽了揽陆远的肩膀："跟着帅哥有肉吃啊！"

姜薇在他们走后觉得格外落寞，从笔记本里拿出新领到的工资，将为数不多的几张粉色的人民币小心翼翼地折成小爱心。一个，两个，三个……有人的声音盖上她的声音，她抬头，陆远笑盈盈地站在她面前："干吗把钱折纸玩啊？"

"因为这样会舍不得用。"

他"哦"了一声，转身拿了女生落下的一面小镜子，对她挥挥手。

她看见他的同伴们在玻璃门外等着他，年轻、疲倦，也光鲜亮丽。

姜薇握着手里的几个粉色爱心，心里觉得酸楚。

一年的时间，可以让一个女生学会化妆，变得矜持，穿便宜但也漂亮的花裙子在操场的舞会上踩出简单的舞步。这样的女生是很可爱的。可惜姜薇的心思全没用在这里，她每天小心翼翼地围绕着陆远，前进一步又要退回小半步，又随时会被喊停，好像自己在和自己玩“老狼老狼几点了”。

不过她终于和他们混至脸熟，报了他们学校的各种考证辅导班，累得眼皮快要黏上还是强打精神，想着陆远可能也在这座教学楼里，也想着自己一点点变优秀是否爱他能爱得堂皇些。

那一年，姜薇是考证狂人，到手大部分有用无用的证，心里喜悦，一个人去食堂点了一个小火锅慢慢煮着吃。靠窗的位子阳光漫进来，身体那么暖，可是心里难过，因为无人分享。

没想到会在这里碰见陆远，他端着一个大餐盘，女友像小兔子一样跟在旁边，他吃完以后起身帮她去拿一盒酸奶，揣在怀里，温柔地看着对面的女孩，温柔地抽完一支烟。照过姜薇的阳光也照在他的身上，那时她心里涌起的悲哀和若干年以后在陈奕迅演唱会的现场听到一句“若这一束吊灯倾泻下来……”时是一样的。

她默默地爱着他的那些年月，是深沉的悲哀和稍纵即逝的快乐。比如意外地接到他的电话，请求帮忙代上两节课，她一路狂奔过去，终于赶上点名，气喘吁吁地坐下，石头递给她一罐可乐，看到她脚上的拖鞋，不知道该说些什么。

年末的英语四级考试，考场设在陆远的学校里，姜薇提前半小时交了答卷，隐蔽地守在他考场旁边的小树林里。冬日里清脆的铃声响起，她远远地看着他走出来，一件雪白的羽绒服，和石头笑着打闹，一副考得还不赖的样子。她混迹人群，一个人傻傻地笑了。

回去的路上意外接到陆远的电话，约着一起吃火锅，说是感谢她的代课。姜薇如临大敌，在宿舍折腾了两个小时，站在镜子前的女孩，刻意、别扭，她沮丧地用冷水洗掉一脸的脂粉，披上她的灰大衣赴约。

你也知道，冬夜小小的一片火锅店，热气弥漫，该有多么温暖，人走进去好像钻进了温暖的被窝。姜薇被以石头为首的几个男生灌了几杯啤酒，满脸通红，心里却畅快得不得了，好像有武林高手在背后运了一掌，她突然就有了胆量，讲了两个好玩的笑话。陆远笑着看向她时，她勇敢地对看了一眼，低下头时盯着沸腾的鸳鸯锅，觉得那就像她的心。

酒尽散场，她一个人踏着雪回去，满脸酡红，心里却是喜悦得不得了，那么眷恋，好想这个夜晚不要结束。她快乐地在雪地跑了一会儿，后来累了，默默地在寒夜里走。

后来在漫长的离别里反复回忆那晚，快乐被冲淡，觉出的是尽欢而散，终感悲凉。

陆远后来毕业、出国，她都没份儿参与，只是一个被冷落的旁观者。飞机在半空轰鸣，明知不是他的飞机，可还是在心里衷心地祝他前程似锦。

四年后的姜薇在旧同学中混得不算差，在乡下承包了一个农场，养了十五头奶牛，长发绑成麻花辫垂在胸口，开一辆漆成奶牛色的小卡车风里来雨里去。

她和陆远唯一的交集可能就是石头，石头是她的合伙人，他弄了一个精致的农家乐，承接同届同学好几年的同学聚会。每次姜薇都会到场，给大家伙端来新煮的鲜牛奶，喝上两杯酒，众人开她和石头的玩笑她也不恼，静静地坐在一边等一会儿，陆远不来，她就淡笑着退场。

二十六岁，姜薇依然单身，送给自己的生日礼物是一套一室一厅的小公寓，办了小小乔迁宴，来的人越喝越开心，生生喝成了一个小派对。她换了球鞋准备出门买酒，石头拦住她："你待在这里，我给你准备了惊喜。"

姜薇换了裙子出来，客厅漆黑一片，响起生日歌，蜡烛一点点亮起，捧着蛋糕向她走来的人，竟然是陆远。她僵在那里，转过脸庞落下泪来。

陆远成为农场的常客，一身牛仔服，躺在干草堆里睡漫长的午觉，美其名曰倒时差，实则梦想与现实距离太远，堂堂海归却要从基层做起，他炒了三个老板，突然迷茫起来。石头有些看不惯，姜薇拦住他，自己端去一盘水果，一套新出的《海贼王》漫画。陆远因而觉得在这里舒服，就像太阳待在天空里。

那年的平安夜，陆远带姜薇进城吃晚饭，街道热闹极了，他们在一家日式料理店门口排队等座，他百无聊赖，坐在那里玩会儿游戏，抽会儿烟。姜薇突然说了一句：“这几年，你连抽烟的样子都没变。”

陆远愣了愣，把烟灭了，转头看她，似乎笑了：“你喜欢我吧？”

她慌了一下，摸到手包里的钱包，镇定下来，在这座不是她故乡的城市，她拥有自己的房子、车子、事业，这些东西从某种程度上给了她安全感。她没有美貌，她太爱他，这又很危险，所以姜薇什么都没有说，只是也对他笑了笑。正好服务员过来领位，他们肩挨肩走进去。

室内如暖春，清淡精美的食物，对面的人像画一般。姜薇多喝了几盏清酒，后劲涌上头，只觉天旋地转，越过桌子紧紧抓住陆远的手就不肯放了：“以前，我在你宿舍门口放的圣诞苹果你有没有都吃到？你知不知道那是我？”

陆远的手轻抚她的背，她安静下来慢慢睡着了，恍惚中见他拿出她的钱包，喊来服务员埋单。

那是陆远最窘困的一段时日，和家里闹得很不愉快，没了生活来源，却仍改不了旧日做派，请两个人吃饭最后总能吃成一大桌，身上的钱不够，醉醺醺地坐在饭馆的门口等着姜薇来救场。

问她拿过这次钱，以后开口更自然，姜薇对他小气不了，总将钱包兜底倒给他。陆远说："你对我真好。我以后会还你。"

他们宿在她小小的公寓里，裹同一条棉被，外面是漆黑的冷雨，路灯的微光很飘摇。那一瞬，陆远有些恍惚，如果此刻没有姜薇，在这么难挨的生命阶段没有这个女孩，他会怎么样？

他不愿意多想下去了，只是闭上眼睛，温柔地亲吻她。她的唇那么软，像一条快要融化的雪路。他心里也难过，因为知晓没有可能，心里对她满是怜悯。

他们在年末的时候还在一起，姜薇没有回老家，守在陆远家小区的门口，等他吃完年夜饭溜出来。马路上冷冷清清的，连玩鞭炮的小孩都没有，她裹着一条大红色的羊绒围巾，手放在口袋里静静地等他。他远远地跑过来，也是一条鲜艳的红围巾，喝了酒的脸通红，呼出的热气成一团白烟。陆远向她扬了扬手里厚厚的红包："走，跟着小爷潇洒去。"

她把脸埋在他的怀里，心里快乐得像点亮了所有的灯笼，拧开了所有的电视放春晚。

两人一起在房间里守夜，晕沉沉的，快睡着，夜空被烟火照得亮堂堂的，姜薇惊醒，脸趴在陆远的手背上看烟火，呢喃一句：“我好想和你结婚。”他醉眼搭了搭她的手背，她便不说话。

春节过后，陆远四处投简历，终于应聘成功，不错的工作，只是离姜薇很远，要见一面，几乎是从城南到城北。陆远渐渐不怎么愿意来见她，总是推托太累，打电话又没有什么话说，打个硕大的哈欠，挂了电话。她提着煲了一下午的鸡汤开车去他租住的单身公寓，夜深了终于到达，气喘吁吁地站在门口深吸一口气，按了门铃，却怎么都没人应。她每隔半个小时给陆远打个电话，都是无人接听。高跟鞋里的脚早已冻得麻木，扶着墙慢慢站起来，提起保温桶下楼取车。

一路疾驶回去，像没来过一样。陆远没有解释那晚，她便也不问。

元宵节终于约上一起吃饭，这次挑了陆远爱吃的川菜馆，排了好长的队终于轮到他们，正要进去，迎面走来两个漂亮女人，气质出众的那一个竟然是陆远当年的女友，那个走路像小兔子的女生。两人对视一会儿，她指指姜薇：“你女朋友？”陆远想都没想，连连摆手：“老同学，刚碰上。”

姜薇的心如坠冰窖，借口去了洗手间，撑着大理石台面盯着自己看了很久，那痛苦又绝望的样子，她闭上了眼睛，强撑着走回去，餐桌上却只有陆远一个人，颓然地低着头。她慢慢地走过去，手搭了搭他的肩膀。他说“对不起”，她了然于心地点了点头。

人也是有很深的人情在的，比如过年时，把劳作的农具收在墙角，讨债的人也不天天登门拜访，好像让人们欢欢喜喜地过个年，比什么都重要。姜薇想陆远对她也有情，愿意给她留一些念想，比如几年前的一个雪夜火锅，比如几年后的一个大雪丰年。

姜薇心里一直忐忑，却直到二月末陆远才约她去一家咖啡店，面对面坐着，他已脱下冬装，换了一件硬朗的夹克，头发理得短短的。

他推给她一个鼓鼓的信封，说谢谢她这一阵儿的照顾。姜薇点点头，收进包里，哭天抢地也无用，他从未说过爱，也从未骗过她。不要问为什么我那么爱你你却要离开我。他给不了你爱，至少给了你快乐。郑钧唱得多好：“和你在一起多美好，就算什么都得不到。”

可是心里难过，她见不得阳光，拐进电影院躲了起来，姜薇做了一个很长的梦，连细枝末节都清晰可感。梦里是高中历史课，半教室昏昏欲睡的学生，她迷蒙着眼睛，趴在堆得小山似的课本后面，听谢顶的老师讲慈禧造圆明园，用最上等的材料，最精细的人工，置了最珍稀的宝物，用尽真正的漫天心血。想着一定会永垂不朽，千古长存吧，再不济也能一生一世。岂料八国联军一把火，烧个片瓦不留。

她的圆明园，终于也毁了。翻手为云，覆手为雨的青春，也过完了。

·不可摧毁的永安街·

所有潦倒又壮怀激烈的青春。

杨明亮死在十月冰凉有光的房间里。黄金周，举国欢庆祖国的生日，他一个人安静地躺在那里，似他十八岁的脸。

霍小绿在十八岁的时候遇到他，一张英俊之极的脸，像装在玻璃试管里的酒精，眼光一转，就能轰一下燃烧起来。那时，杨明亮也只是十八岁，可是他谎报了两岁，领了新的身份证，准备和一帮少年南下闯荡。

你要知道，在永安街长大的孩子，青春期都特别短，他们呼吸着充满煤灰的空气，迫不及待地长大，然后逃离这条鱼龙混杂、藏污纳垢的街。

当母亲带着初发育的霍小绿来到集市的一个地摊把一个泛黄的白色胸罩悬空在她胸前比试的时候，她就暗暗发誓，一定要离开这个地方。

而同时当兄弟从腰间拿出一沓粉红色的钱扇子一样打开，领着杨明亮去夜总会开荤长见识的时候，他的青春期也在一个妓女的床上尴尬而仓促地结束了，并且他立下了要到外头去混、赚很多钱的志向。

这样两个人在同一条街的某处如阴暗的青苔慢慢生长，他们在十八岁相遇，已经浪费了太多时间。因此杨明亮第一眼见到霍小绿的时候，直觉这个女孩是属于他的。他们都有一张安静而消极的脸，嘴角坚毅，眼睑总是微微垂着，遮住有狠劲的眼神。

那是一副叛逃者的长相，他们是同类。温情处可以惺惺相惜，残忍在于不能见到对方不幸，容易兔死狐悲，物伤其类。

第一次见面，他为她打了一架，额角破了，扭头吐出一口污血，不喊疼，沉默地看着她，她抓紧衣领扭头就跑。雪白的校服衬衫蹭到墙壁上的一抹青苔，那惨绿色，直直地刺进杨明亮的眼睛里。

第二次见面，他送她一只昂贵的水晶音乐盒，一扭底端，上面的钢琴叮叮咚咚响。杨明亮靠着墙吹口哨，又漫不经心地说："是我偷的。"霍小绿没什么大的反应，只说："它现在归我了。"像他们这样长大的少年，其实没什么道德感。杨明亮勾唇，玩世不恭地笑。

第三次见面时，他捧起她的脸就吻下去，她不避不躲，一颗心沸热而绝望，像脂肪做成香皂，泡沫滋滋泛起时，无法复原的哀痛与绝望。

后来，杨明亮骑一辆摩托车来学校门口等她，鼻梁上架一副墨镜，像港片里的大哥，滑稽的是后座还载着一只巨大的毛绒熊。霍小绿在同学的注目下强自镇定地走过去："你怎么来了？"

他把熊往她怀里一塞："来给你送这个，生日快乐。"

霍小绿抱着熊坐上摩托车的后座，马达轰轰轰地响，车子风驰电掣地跑远了。她拽紧他的夹克，心里又虚荣又感动，她想她一生都不会再受到这样高的礼遇，这么多人的注目。

杨明亮带她游街，指给她看这条街上，哪哪归他管。他们在一个油腻发黑的馄饨铺坐下来，吃鸡汁馄饨。她吃得很少，陶瓷勺子一下下敲着碗沿："你打算在这条街混一辈子？"

他对上她锐利的眼神，被呛了一下，说："过一阵儿我就和几个兄弟出去闯一番，现在做盗版，是暴利。"

霍小绿点点头，把碗里的馄饨一个个舀给他：“高考我会考本市的大学，这样以后你来看我也方便。”

有些人的老是从影子上透出来的。比如五年后的杨明亮，有了一张略带狠劲的脸。他在黄昏的时候出门，拎一塑料袋的卤肉回来，影子被拉得又长又瘦。走台阶的时候，那一道水泥边，好像能把他的影子从脚后跟直直地切去，他肯定不会觉得疼。

但是他会舍不得，因为至少他的影子还是好的，没有瘸一条腿，脖颈也没有拉一道长长的口子。他想看看自己的样子的话，就看看影子。

路过杂货铺的时候，他又拐进去，拿了半打啤酒和几袋鱿鱼丝，这样就能度过一个昏蒙燥热的夏日黄昏。

霍小绿将近十点才会回来，她在一家保险公司坐办公室到五点，下班后去一家小私人企业当会计。她还住在永安街，夜深了，搭末班公车回来，工字裙丝袜包裹的两条腿躲过地上的污水残渣，掠过夜排档上光膀子的男人和抽烟的女人，还踢跑一只饥肠辘辘的流浪狗，终于到了家。

然而打开门，永远只有电视机蓝莹莹的光等着她。杨明亮在沙发上睡着了，脚边几只变了形的啤酒罐，桌上的碗里有卤肉，还有一碗米饭，筷子搁在上面。

她坐下来大口大口往嘴里撸饭，眼睛看着沙发上的杨明亮。她最喜欢这个时候昏睡不醒的他，不会和她吵架，不会发酒疯，不会抓着她的把柄时时威胁她。如果他可以永远这样像死了一样，她不介意养他一百年。

霍小绿洗澡的时候，杨明亮醒了，扶墙站着，隔着水声与她说话：“明天我出去找工作好不好？”

她没听清：“你说什么？”

“我说我要去找工作！”

这回听清了，她凝着脸穿好衣服，出来时已换上柔和的表情：“好，你想工作就出去工作。”

第二天一大早，霍小绿被杨明亮吵醒，她走到客厅，见他穿着一身西服，正在用吹风机吹头发。听到脚步声，他回头征求她的意见：“我这样打扮怎么样？”她都不知道他什么时候有这么一套煞有介事的衣服，含糊地点头，过去帮他正了正领带。目送着他出门，她不知道外面会有怎样的一天等着他，因为她不得不承认，穿着那套过时的西装的杨明亮，显得那么羞缩不登样。

如果杨明亮再多念一点书，他就会知道书里有这样一个道理，“山中一日，世上千年”。连一个大楼的清洁工都要求身体强健，四肢灵活。他拖着一瘸一拐的腿走出来，辛辣的阳光劈下来，他胸闷气短，只有一个念头：快点回永安街，回那个他最熟悉的地方。

所以当晚霍小绿回来的时候，杨明亮已经喝得半醉，和几个兄弟坐在沙发上一边看世界杯，一边吆喝。见到站在防盗门前的霍小绿，他咧嘴笑，站起来，泼泼洒洒举了杯，高喊：“荷兰万岁！爱情万岁！”

书上都说：“强极则辱，情深不寿。”

鬼才相信你会万岁不朽。

他们走后，霍小绿开始收拾满地狼藉。杨明亮烂醉在地上，又挣扎着爬起来要去卫生间吐。她在后面机械地捶着他的背，累得几乎睁不开眼睛。杨明亮在她手下，像一只巨大的木鱼，被她空空地敲着，每捶一下，房间的另一头就有回声。渐渐没了声响，她猛地清醒过来，放在杨明亮背上的手不自觉移到了他的脖子，竟然在用力地掐。

她连忙松开手，把他扶起来，杨明亮醒了过来，一双全是血丝的眼睛看着她，不悲不喜，淡淡地说：“你还想再杀我一次。”

杨明亮的腿是怎么瘸掉的，很多人都以为只是一个意外，他喝醉了就从天台上摔了下来，幸好被雨棚挡了一下，留下一条命。五年来，他的女朋友对他不离不弃，这是永安街上难得见到的动人爱情。然而，事实是杨明亮腿一滑半个身子在栏杆外面时，霍小绿抓住了他：“快点抓牢爬上来！”

他眯眼笑：“你看你舍不得我死。我们结婚吧。”

结婚？退学把孩子生下来，一辈子住在永安街，渐渐地她会有丰满的乳、河马一样的肥臀，去菜市场斤斤计较，于是她会有一张和母亲一样暴戾又琐碎的脸。这个念头，把霍小绿吓坏了。

所以当杨明亮把全部力气寄托在她的右手，左手去抓栏杆的一瞬间，她松开了手，他像一只破旧的书包急速地坠下，“嘭”的一声，一切都在那一刻被毁掉了。

杨明亮后来睡着了，他醒来后对霍小绿说：“你走吧，你在我身边这几年，和坐牢也没什么区别，你不欠我什么了。”

行李全替她打包好，只等着她起来带着一起走。霍小绿走到街口，突如其来的自由让她有些无措。她回头望了一眼，这条让她憎恨无比的永安街，却收纳了她所有潦倒又壮怀激烈的青春。杨明亮被吞噬在里面，至少不会寂寞。

也是在那一刻，她突然想起，杨明亮的那身西装，他曾穿着它来参加她的毕业典礼。

她曾偷偷回去过一次，杨明亮在一个兄弟的租碟店帮忙，没有生意的时候，他在店里，半打啤酒、几袋鱿鱼丝可度过一天。霍小绿不忍看他日渐衰颓的脸，匆匆捂鼻走过，他像有察觉，握着啤酒的手，久久没有动。

后来，永安街要拆迁，人们兴高采烈地搬出来，唯独杨明亮成了钉子户。他每天买卤肉，摆好饭碗，像在等一个人回家吃晚饭。

他是自杀还是酒精中毒没有人知晓，只是在死后的第三天，人们才见到一个年轻女人来收殓尸体。她细眉毛，长头发，人瘦得像一把黑伞，但是强悍有力。古怪的是，她办完后事就在那间屋子里住了下来。

霍小绿批发了成打的酒精泼洗房间，阳光照进来，屋子洁净得像殡仪馆。她学着杨明亮的样子，坐在沙发里，就着鱿鱼丝喝啤酒。终于知道自己错了，家明明就在这儿，为什么要拼命地逃呢？

杨明亮没有留下一句话给她，她却继承了他的遗志，驻守在这条永安街上。她常常想起，那一年，在这条街上，野心勃勃的少年和贫穷的少女，原来那是他们一生中最快活的时光。

只是有阳光的夏天马上就要过去了，雨季即将到来，她坐在满街废墟里，平静地等着推土机把最后一间屋推倒。

·五道营的胡同很寂寞·

我们为爱情付出了那么多，可它也从没有回报我们以安详。

好像每个二十几岁的年轻女孩子都要有一个说出来像那么回事的梦想，否则显得我们头脑空空，胸小还无脑。据说这个阶段的梦想，是从学校出来进入婚姻前一个很好的过渡。

这样的梦想我听过好多，比如找个好男人，比如坐在宝马车里笑，比如要开一家咖啡店，再比如毕业后要嫁给陈莫北。最后一个是徐砚美说的，在一个喝得差不多都人仰马翻的饭局上，她像抢答题目一样火急火燎地吐出这句话，四周立刻哄声一片，大家为了她这句豪言壮语又干了一杯。包括男主角陈莫北，他也遥遥举杯，向我浅浅笑了笑。

讨厌的徐砚美抢了我的最佳答案，所以轮到我时，我只好说我的替补答案，“我要在南京买一套房子，把厨房刷成雪白一片，然后坐在一堆蔬菜水果中等我爱的男人来找我。”

他们嘘声一片，真是讨厌，大家都爱时不时歧视下文艺女青年。不过陈莫北又对我笑了，真是好看。我立刻回了一个对镜子练过百遍的笑，然后我就收到徐砚美硕大的白眼，短信随之而来：“浑蛋陆安琪。”

故事讲到这里，我觉得我应该帮大家捋一下人物关系。我叫陆安琪，徐砚美是我好到可以换穿衣服的闺密，我们的友谊始于幼儿园的大白兔奶糖。可是半年前，我们的友谊出现了裂痕，原因就是我们同时看上了一个叫陈莫北的帅小伙。大白兔奶糖比不上恒久远的钻石，有一阵儿我们都陷入了非常痛苦的境地。

最后我们终于找到了出路，那就是公平竞争，无论陈莫北选择谁，另外一个都要发自内心地祝福百年好合，但是可以免除婚宴的份子钱，以抚慰心碎。

那个时候，我和徐砚美觉得，陈莫北就像草莓这种娇贵的水果，即使在夜晚吃也不会发胖。他不会影响我们闺密的感情。

大四的最后半年，每周五我和徐砚美会拖着两个行李箱去仙林地铁站的过道里摆摊，贱卖我们只穿过一次的衣服。天哪，你都想象不到我们有多少家当，当然你也想象不到我们的生意有多火爆。徐砚美很有特色地吆喝着："原单美衣，平价热销。"回头客都是小学妹们，热情地问："美美姐，你们下次还是这个时候来吗？美美姐给我们算便宜点吧。"负责收钱的我一脸严肃："不可再少啦，学姐已经快亏得吐血了！"

最厉害的一次，我们赚了1500元，拿着这笔就像是抢来的巨款，简直不知道该怎么办好。我们你看看我，我看看你，坐在过道的楼梯里哈哈大笑。那时候我想，如果可以一辈子和徐砚美这么赚钱、生活在一起，该有多好。可是我们笑着笑着就没声了，同时吐出一句话："不然请陈莫北吃饭吧。"

我们去吃二十四小时不打烊的牛蛙王子，这顿热气腾腾的火锅宾主尽欢，只有一点点伤感。我们三个人勾肩搭背，张扬地走在宁海路的夜色里，陈莫北看看我，又看看徐砚美，说："带两位美丽的姑娘去唱歌好不好？"

夜晚的宁海路很美，不是你们说的脏、乱、差。入夜以后，小餐馆都静悄悄地关上了门，只留下这一整条街温暖厚实的生活味道，让你觉得你可以在这条街上住一辈子。毕业后很久，我都会时常去那里从路的一头走到另一头。我的记忆美化了宁海路，因为在这条路的十字路口，陈莫北和我深深拥抱，他说舍不得我。

我没有预想到那顿火锅会是我们三个人在一起吃的最后一顿饭，毕业后，徐砚美跟着陈莫北去了北京。他们问我要不要一起去，我坚决地说："不要，我在自己的地盘好好赚钱。"他们两个都笑了，像大人看着小孩一般地笑着，陈莫北甚至摸了摸我的头，说："真是个小财迷啊。"徐砚美也没有吃醋。因为她现在根本不会介意这点小小的恩惠。

我扭头往学校走的时候就掉眼泪了。陈莫北选择徐砚美，是因为有一天晚上他们上床了。徐砚美对我说："安琪，对不起。可是这是我应得的。我豁得出自己，如果他不选我，那我当最后一次任性；如果他因此选择我，那是我赌赢了。"

徐砚美赌赢了，我心服口服。可是我的心里很难过。

他们走的那一晚，我一个人在系里的散伙饭上喝得酩酊大醉，还不时地要吟诗，念念叨叨就那一句："海内存知己，天涯若比邻。"同学们都为我鼓掌，说陆安琪太大气了，我们散了也不能忘了，海内存知己，天涯若比邻啊。

可是就是在陈莫北和徐砚美走的一年多后，我才知道这句诗是骗人的。何况诗人本来都是骗子，他们自己都穷得连泡面都吃不起了，他还要告诉你“面朝大海，春暖花开”。

我一个人孤零零地留在南京，深夜去吃永不打烊的牛蛙王子，喝一丁点儿酒，望着沸腾的火锅，慢慢唱：“天之涯，海之角，知交半零落……”像毕业的时候，反反复复只有一句。但是我是清醒的，因为再没有人会打车来给我付钱，再没有人给我换上干净的衣服塞进被窝。我摇摇晃晃地站起来，结账出门，搭上出租车，对师傅说：“去宁海路。”

毕业的一年后，我住在南京的宁海路，他们住在北京的蓑衣胡同。徐砚美给我打电话说：“安琪，你真应该来北京住上一年半载，虽然这里空气很差，交通糟糕，可是每一个路人身上都有故事！我们都要爱死这里了。”

陈莫北说：“我们家附近的南锣鼓巷开发得很好，尔等文艺青年一定会发狂般热爱这里。”几秒钟后，他把“我们家”换成了“我们住的地方”。我在电话这头好像很开心地笑：“你们做好准备哦，等着哀家圣驾。”

他们不知道，其实后来我去过一次北京，我去了另外一条巷子叫五道营胡同。他们也不知道，几年前，这条胡同欲和南锣鼓巷比高低，热闹了一阵儿，可是后来它输了，变得旧而安静。好像我和徐砚美。我去的那天，天气是灰黄色的，一个旧院子，一个个老丝瓜挂在墙上，红灯笼张灯结彩，老树旁围着木桌木椅，一个老太太坐在一家照相馆前，晒着不明不白的夕阳。

再往前走就是雍和宫了，我去许了一个愿，应该是关于陈莫北的，可是我不记得内容了。

陈莫北说过，我像是他无法放弃的工作日，而徐砚美是他美妙的假期。他也很痛苦。而年轻时，我和徐砚美都觉得，我们中的一个一定会嫁给陈莫北。可是我们都没有想到其实还可以有另外一个答案，那就是最后陈莫北会娶一个陌生女人，而我们都没有那样的想法了。

我和徐砚美久别重逢是在五年后，一个明媚的春日，阳光是明亮的，万物生，草在结它的种子，风在摇它的叶子，我和这个孕妇约在五道营的胡同喝酒。她还是那么任性，一瓶红的见底，又要开一瓶白葡萄酒。孩子不是陈莫北的，她扭着手上的大钻戒娇声向我抱怨结婚太麻烦了。

那是一场太漫长的聊天，从正午一直到深夜，陈莫北出现的次数很少，大部分时间她和我讲她亲爱的老公。可是提起陈莫北的时候，我们都是很寥落的模样。徐砚美指着她的英式早餐，说："安琪，我给你讲个故事吧。草莓不喜欢又胖又油的火腿肉，她不要坐在宝马车里哭，要和漂亮优雅的紫椰菜私奔。后来他们就去了一个大城市，工作买房生孩子，时间过去了，他们就渐渐想不起当初为什么会相爱。可是有钱的火腿肉和荷包蛋却过得非常好，想不起当初为什么瞧不上彼此。"她醉眼蒙眬地看了我一眼，继续说，"这个故事告诉我们，如果不在一个人身上寄予太宏大的意义，爱情就会很平安，一生无虞。"

那些不切实际的期待与想象，毁了我们的爱情。如果那个时候我们了解尊重男人，只把陈莫北当作一个生活伴侣，那么一切都简单多了。

我和徐砚美告别的时候，我在门口摔了一大跤，她扶我起来，又哈哈大笑，像当年在仙林的地下过道里笑得那样开怀。让我恍惚觉得时间又流回来了。可那是假的，时间过去了那么久，我们都老了好几岁。因为陈莫北，失去联络好多年。

走的时候我回头对徐砚美说了最后一句话，我说："他从未为我们付出什么，我们却都以为在他身上看到了翅膀。"

我在南京买下第一套小户型房子的时候，陈莫北终于回来了，但是我们很少联络。厨房装修好的那一天，我在微博上发了一张照片，我说：“我在伊朗遇到一个跪坐在玻璃彩窗下阅读的人，可我没有遇见你；我在巴黎遇到一个刚离婚自由得像鸟儿的女人，可我没有遇见你；我终于拥有了一间铺满阳光的屋子，有雪白的厨房和温柔的浴缸，蔬菜都很年轻，水果沾着露珠，可是我依然没有遇见你。”陈莫北在下面回复“约我喝咖啡”。我扔下电脑，翻箱倒柜。

有的时候我觉得自己是个落伍的人，我像中世纪西方的那些年轻lady，她们用一整段漫长的青春时光为自己准备了一箱嫁妆。我的爱情是不合时宜的，就像我要去见陈莫北，一定要坐最慢的车，因为等待与靠近，才是爱情里最美妙、最没有伤害的部分。

陈莫北开车带我去紫金山上兜风，外面春寒料峭，我们吹着温暖的空调，喝冷冷的啤酒，听万芳唱《新不了情》。音乐结束的时候，我向陈莫北求婚。

我说：“如果你累了，不想再去哪里了，你可以和我结婚。”

他说：“安琪，这对你不公平。”

“我知道，可是我还是很爱你。”

可是最后他还是拒绝了我，离开南京，去了一个更远的地方。走的那天是3月26日，诗人海子的祭日。好多年轻人怀念他的诗句，“你为什么要远去，前面的日子空寂无声”。

我想起那天在北京，徐砚美说的最后一句话。她笑着说：“我们为爱情付出了那么多，可它也从没有回报我们以安详。”

·像麦子一样爱过一个人·

这么多年，像一条系在伤心地的孤舟。

六月是麦子的季节。在李皎然的家乡，这个时节宽阔的马路上已经铺满这种收割后的植物，它们沉默、厚重、干燥。车子碾轧过后，溢出粮食的清香。这气息根深蒂固，使她在遥远的异国他乡，一到六月，也恍惚闻到了这空气中的乡愁。

乡愁沉默，厚重而干燥。

她也曾像麦子一样爱过一个人，长远、温和而悄然。

一如站在桃花面前，她只能是安静的。

在这样六月的空气里，李皎然拆一个包裹，两包方便面，是几年前最便宜的那种。包裹上没有留寄件人的信息，她却知道是谁，红了眼眶，几乎要哭出来。

那是她从前的感情，好得像从不曾真正拥有，好到要用余生的全部时间来慢慢失去。

他们并肩作战，最困苦的时候吃的面，市面上大约已经停产，杜微白费了苦心寻来，用于破冰。

这么一想，原来时间已经过去了那么久。

李皎然第一次见到杜微白还是在她大四的时候，那次她作为助手陪影视系主任庄老师参加一个影视投资广场沙龙，中场休息时他过来递名片。在衣冠楚楚的人群中，他简单又随便，T恤牛仔，没有穿皮鞋。他说："你好，杜微白，这是我名片。"

据说，一个男人如果到了三十岁还没有学会穿皮鞋，要么是混得太差，要么是混得太好。那一年，杜微白刚好三十，属于后者。

他很有名，李皎然也有听说，是大好几届的学长，才华与个性并重，中途因严重缺课被学校劝退，二十二岁有第一家自己的公司，几年后卖掉，赚了一笔钱。三十岁有第二家公司，做影视，投成了两个项目，在圈内声名鹊起，人生风光快意。

是这样的人，李皎然看着他。他的脸背着阳光，有暗影，像一笔一笔的素描。

她说："我没有名片。"

"那你可以把你的手机号码写在我手上。"他摊开了手掌。

宽阔，像一面海。

隔了一个星期才收到他第一条短信，喊她下女生宿舍楼。他靠着黑铜灰的两座小跑，对她招了招手，从车里拎出一盒巴黎贝甜的蛋糕。

"去上海出差，那里的姑娘都爱吃这个。我想无锡的姑娘应该也爱吃。"

李皎然不解风情："我不是无锡人。"

"那美女都爱吃。"他把蛋糕塞进她怀里，踩了下油门，扬长而去。2008年的杜微白在他人生的好时候，赚所有满足他野心的钱，泡所有他看得上的妞。

李皎然只是其中一个。

渐渐有了来往，他带她出去吃饭，参加他朋友的聚会，一帮大老爷们坐在酒吧街的露台，开一瓶Amarone，几桶德国黑啤，喝着酒，称兄道弟，谈生意上的事。而生意是只属于男人的话题，无非是赚着几十万的人大谈成百上千万的项目过过嘴瘾。那时候的李皎然，瘦瘦小小的，跟在杜微白身后，被一帮大老爷们起哄，要她喝酒。杜微白像母鸡护雏，截住每一杯递给她的酒，喊来服务员，给她点了一堆果汁。李皎然就着吸管喝果汁，听这帮人吹牛。

他们抽烟也讲究，用一根细铁丝把烟身疏通，插入细细的沉香，再点燃，烟味混着幽香，李皎然凝视在白雾中微微闭眼的杜微白，心忽然瑟缩了一下，浑身泛起鸡皮疙瘩，又有暖流抚顺它们。

汉语中，称这一生理反应为心动。宋词更美一些，是“记得小苹初见，两重心字罗衣”。

是盛夏，她年轻如饱满新鲜的水果，露着脂白又结实的大腿，脚尖挑着凉拖玩。杜微白拍了一下她的腿，她骂他流氓，嘴角却是梨涡浅笑。

后来的李皎然不止一次回忆，如果那个夏天的变数没有发生，她和杜微白会怎样。是否会有爱情发生，但也只是发生过，她可能只是他泡过的一个妞，而后移情，而后星散，也不会有后来的念念不忘。

但是命运突然在那里拐了一道，那个夏天快要结束的时候，杜微白的公司突然就一落千丈，从前的拥趸作鸟兽散。几天兵荒马乱，周遭的世界突然就安静了，三十岁的他再度回到二十岁时的一无所有。

唯一多了一个李皎然，替他应对所有公司清算、工商注销的琐事；把他从酒吧门口扛回来，放进干净温暖的床；藏起他家里所有锋利的东西，生怕他想不开。那一年的李皎然，不是拯救地球的英雄，只做为他上天入地的女超人。

渐渐地，杜微白也缓了过来，盘算着还有一套房产可以卖了从头再来。他这样的人是不怕失败的，只怕温水煮青蛙磨掉身上所有的锐气。他问李皎然是否愿意留下来帮他。问的时候是忐忑的，他开不出诱人的条件，唯一的筹码，只是从前他对她的好。

李皎然在厨房煮粥，二话没说就答应了："我们都有一双白手起家的手，怕什么？"

他们做回杜微白最初的老本行，开了一家很小的传媒公司。两个人到处跑着找办公地点，终于在老城区的一个民造别墅区找到一栋合意的房子。房租水电都便宜，地理位置适中，交通方便，但里面很破。

然而那真的是一间百废待举的房子，墙体表面大面积脱落，到处都是钉子留下的洞眼，地面更是脏污得完全看不出本来的颜色。只有那个阳台是破败背景中唯一的一抹柔笔，阳光透亮，一株高大的广玉兰树，水泥栏杆上爬满墨绿的爬山虎，红色的野蔷薇星星点点。

在后来无数个明媚的午后，当李皎然站在这个阳台上远眺市井里的车水马龙时，她的记忆都会回到2008年的那个清晨，她和杜微白拿着用最后所有的钱换来的这把钥匙走进这里。屋内一片萧索，唯有阳光的铺洒带来些许生机。她靠着结着蛛网的门框，看着杜微白走进阳光里。他的背影很坚实，他们就这么一前一后地站着，静默了许久。

那或许就是这座已经老得白发萧然的房子里，初始的幸福吧，是一片废墟里开出来的一朵花。

2008年的李皎然蹲在地上，拿着一把刷子，把地面擦得干净发亮。

她和杜微白的2009年、2010年，可以用一些气味来回忆：六神花露水、夜深煮沸的泡面、夏天养在茶碗里的洁白栀子、十二月隆冬时晒在阳台上的被褥……

他们后来呢？后来当然翻身了。

第一年，他们都把家搬出了办公楼，杜微白给李皎然找了一个不错的住处。适逢她的父母来无锡探望，他特地问朋友借了辆车，载着这一家三口，宾主尽欢地玩了两天。只这两天，李皎然才恍悟这个待了好几年的城市的美：灵山薄暮时的雾、鹿鼎山的夜景、醉乐堂的桂树、渤公岛的樱、惠山的茶……

她玩得有滋有味，杜微白却心有愧疚："小皎，辛苦你了。"

李皎然眼睛望着他："是我自己乐意的。"

他们赶项目进度的时候，没日没夜地熬，李皎然累得趴在地上画设计稿，完成的时候腰几乎直不起来。他连忙来扶她，她穿着他的旧T恤，远远看去，两个人像一对兄妹。

那两年，他们是越长越像，没有发生的爱情，变成了另外一种养分滋生进他们的生命。李皎然有时候悄悄望着杜微白，心里难过。她知道他们是错过了。那个她跟在他身后，满是啤酒清香的盛夏，永远地过去了。

第二年，公司越来越好，又投了几个项目，杜微白渐渐恢复到从前的样子，还是喜欢那种瘦得像一只蛤蜊一样的女孩。买了一辆车，偶尔带李皎然出去兜风，有一条路，要经过一座很长很长的桥，那里的夕阳特别美，冬天是枯黄的芦苇，夏天则变得笔直翠绿。桥下是温和的湖水，好像人可以开着车，奔入这样温暖而让人平静的怀抱。

他们都不怎么说话，杜微白握着她冰冷的手。那一阵儿，李皎然的身体出了一些问题，长久的失眠令她脆弱而敏感。她望着窗外的景象，只觉满眼苍凉。她说："杜微白，我还是喜欢你。这么久了，还是喜欢。"

他有些愕然，好像突然才知道她的想法一样，愣了好一会儿，才说："小皎，我们之间已经过去了啊。我视你为一生的挚友，最珍视的朋友、事业伙伴。没有你，也不会有今天的我。"

李皎然侧过头，微微笑了一下："我知道，我只是想把我心里的话说给你听。"

那个傍晚之后，他们尴尬了几天，之后又相安无事。只是李皎然还是睡不着，杜微白托人在国外带回了一些天然成分的Melatonin给她，第二天她面色好了很多，说："药效很温和，服下后一小会儿就能入眠，还能做很美的梦。"

那温和美好的感觉，像被那个黄昏温暖的湖水慢慢覆盖上来，像轻轻的被子，像他宽阔的手掌，像那初见时，手心里的那片海。

一个月后，李皎然在单身公寓里，服下了一整瓶安眠药。

"我几次起身要走，而终未走成。但我几次想将你拥抱，却也未能拥抱得成。”

李皎然终于要走了，这么几年，像一条被系在伤心地的孤舟，终于被松开了绳。杜微白送她去国外深造，她选了布鲁塞尔，学习艺术与哲学。

临出国前，他们约好一起吃顿饭，选了一家新开在半山腰的餐厅，他晚到了一会儿，隔着落地窗看着她窝在沙发里，用iPad在看电影，穿着一件白色的长毛衣，头发又长长了很多，散在瘦削的肩膀上，杜微白隔着窗户凝视了她很久，心中也难过。想到这几年，他们亦师亦友，如兄妹如父女，偏偏没有做恋人的缘分。

她扭过头，隔着窗户看他，眼中亦有泪光。

纵然心中缅怀往事，也知道来路不可追。

是隔了好几年，她才有机会告诉他，离别那天她看到的那部电影叫《真爱至上》，讲一个男人毫无希望地爱上了一个女人，于是在圣诞节前夕，他拎着一个录音机，放着她喜欢的音乐，用画板对她做了一次无声的告白，而最后一句话就是：“我荒废的心会永远爱你。”

他最后握了握她的手，像握着一块冰。天上悬着冷清的月亮，也是凛然不可问。他柔着声音说：“上楼吧，今晚好好睡一觉。明早我来接你去机场。”

那晚他也没有走，静静地在车里坐了一晚，也不觉得累，想着这可能是为她做的最后一件事了。深夜下了一会儿雨，枯叶覆盖在车窗上，他也不知道怎么就那么难过，好像送走的是一整个青春。

在李皎然走的那四年，他们也联系寥寥，仅止于一句新年快乐或是生日快乐。杜微白也不知道她有没有回过国，只是再没有来和他见面。

古人写茶花谢为落花如斩首，世间情事也不过如此，看似来去如逐轻舟，举重若轻，其实到头来还是这般落花斩首，让人心生苍凉，却硬要说不过世事寻常。

这几年他也有过几段情事，只都没有结果。却渐渐怀念起李皎然，心里像手植了一棵无花果树，从不曾开过花，果子却已悄悄成熟。

如果不是医生说他患上了视力渐退的病，他也不会下定决心联系李皎然。心里就一个念头，趁着目光还清明，想再看一看她的模样。

隔了四五年的会面，李皎然迟到了一会儿。看到杜微白坐在不远处的藤椅里，视力大概衰退了很多，呈现老花眼的症状，所以把手机拿着远远的，一个字一个字拼着。不一会儿，她收到信息，问她到哪了，是否迷路。

她不近不远地望着他，那张二十多岁就装在心中的脸，是一张感情丰沛、动人的脸。

这几年风雨飘摇的委屈，就在那一声是否迷路中，如晨雾，轻轻消散。她走到他面前，轻轻坐下。

时隔经年，该聊些什么呢？

就从他们各自长的第一根白头发说起吧。

· 她很好 ·

你说我们的爱情不朽，我想，上面的灰尘一定很厚。

文学院古汉语班的顾明岐和陈家明谈恋爱了。

该怎么描述这则新闻的爆炸程度呢？也许像第一声春雷，轰隆隆响起来，惊蛰到了，小虫子们爬出来了，太过热闹熙攘。

好事者们交头接耳，谁是顾明岐啊？

有人答："就是文学院那个外号古墓派小龙女。"

然而当事人茫然不知，明岐在图书馆看书，收到陈家明的短信，几乎是有些凄惶地站起来，而他，正插兜站在窗外，四月的黄昏，一天中最后也最美的时光，是青春的咏叹调。

夕阳像被浓汤煮过，他舒服地眯起了眼睛，眉宇间有倨傲，问："你答应还是不答应？"世界上怎么会有这么理直气壮、虚张声势的人呢？

像一个刚戴上三条杠的小学生。

于是明岐点了点头。那么轻，好像是在拒绝。

陈家明身边的女孩子，像黄金八点档的肥皂剧，从没有断档过。何况男生间盛传他有本《芳名录》，什么时候追到哪一个，字迹端正得像写人生规划。他把恋爱当集邮。

这些明岐都清楚，她甚至知道他对她突如其来的追求只是出自和朋友的一个玩笑。他们打赌的那个晚上，她也在操场上，隐在夜色里，听得他戏谑的声音："那我就在毕业前征服一个最有难度的。"

他们走远了，她一个人缓缓地抱膝蹲了下来。夜凉如水，老校区的跑道还是煤渣铺就，映衬着洁白丰盈的玉兰花，那场景很美，但是四下空无一人。她的心脏跳动有力，雀跃又伤感。

然后第二天便收到了他的短信、他的花、他的约会邀请。明岐没有热情地响应，但她如约前往，只是换上了自己最好的裙子。

约会其实很老套，一起吃饭然后徒步走回来，偶尔聊上几句，都是一问一答，大部分时间在沉默。明岐心里想：他一定是觉得我沉闷了。

就这么揣测地走到校门口，有一个老妇守着一个竹篮在卖石榴。明岐想挑几个回宿舍摆在床头。可是陈家明在这儿，让他付钱总不好。于是目不斜视地走过，打算待会儿自己再折回来买。

然而陈家明说："买一些吧，我也喜欢石榴。"

于是他们买了一大袋子坐在体育馆的台阶上剥石榴吃，酸涩无比还吃得津津有味。陈家明说："我小学的时候教室的窗外就有一棵老石榴树，开花的时候特别好看，我老忍不住开小差去看它，结果被老师罚站。可是在石榴树下做作业、睡觉、等家长来接，那段时光真让人怀念。"

明岐微笑："我的小学也有一棵石榴树，我也爱在树下做作业、睡午觉，还偷摘了小红花藏在校服口袋里带回家。"

共同的话题让他们熟络了一些，他们又分享了小时候关于石榴树的回忆。陈家明感慨地说："果然每所小学都有石榴树，就像每所高中都有香樟树，每所大学都有梧桐树。"

他没注意，顾明岐原本热切的眸子，一点点黯淡了下去。

那个夜晚就这么过去。

明岐是这样的女生：性子冷，中规中矩，从不强出头，说话只看着对方的下巴，早睡早起，作息比一个老人还要规律，加之她学的是古汉语，身上更有股沉沉的暮气。

其实她是个寡味的女孩，幸好有一张美丽的脸庞，有初中、高中同学惊觉她的女大十八变，转过头来追她，她只淡笑："你都见过我从前的丑模样，我心里自卑。"

她不恋爱，没有人知道为什么。

然而陈家明是例外，他们第三次约会的时候，她就和他接吻了。或者该说，他吻向她的时候，她没有拒绝，只是手脚冰凉、意识涣散。他松开她的时候，去握她的手，一把竹子，清冷又细腻。他笑了："初吻？这么紧张？"

她摇头："不算是。"

明岐的初吻在五年级，也有一个少年喜欢在石榴树下做作业，那是一个盛夏的黄昏，只有他们两个还留在学校里等迟来的家长。少年做完了作业兀自趴在凉亭里睡起觉来。他没有和她说话的兴趣，他是课代表、班长、大队长，而她只是一个安静坐在角落里、功课不好不坏的乖学生。

这样的学生是最容易被遗忘的。

她不知道自己怎么会有那样的勇气，也许是那天的石榴花开得太好，好像随时会死掉。她慌乱地把唇印在少年的唇瓣上，三秒钟的工夫，她慌乱如被自己狩猎的白兔，闷头逃窜。

明岐告诉陈家明，她在小学的时候偷偷亲过一个喜欢的男生，但是那个男生不知道。

陈家明笑："你那个不算。他不曾像我这样吻过你。"

是的，他不曾。

他们的第三次约会弥漫着离别的伤感。或者说整个学校这个时候都笼罩在毕业的气氛中。陈家明在上海一家很好的外贸公司实习，答辩前还要再去一趟，敲定合约细节。

明岐等着他来告别，然而他迟迟不来，她想：是他要告别的人太多了吧。

直到要走的那天凌晨，他才来找她，提着一个简便的行李袋，立在蟹青色的天色里，微笑道："我九点的火车，我们出去走走吧。"

他们去早市的花鸟市场，那里是熙熙攘攘，湿漉漉的热闹，他拉着她的手，力道不轻不重，是温柔。

白色的栀子、粉色的夹竹桃、白银色肚皮的金鱼、色彩斑斓的不知名鸟儿。明岐走着、看着、经过着，渐渐忘了心底丛生的哀凉，它像一条无害的小青蛇，细细凉凉地隐匿进了碧绿的草丛。

陈家明买了一小盆羊齿兰，带她去吃早餐，沸腾的豆浆、热腾腾的小笼包，他们吃得十分酣畅，额头有了一层薄汗。

“这个送给你，要好好照顾它。我回来的时候要查收。”他的眼睛看定她。

他的意思是他们还不会分手，而她故作不察觉，平静淡然地接过来，没说什么。

可是应该说些什么。她想了想，于是说：“一路顺风。”

他失落地看向别处，也许他曾设想她该更热烈些。

而她不会让他知道自己的感恩戴德。

陈家明去上海的第四天晚上，明岐做了一个梦：梦里她还是十五六岁的样子，身体没长开，穿着学校的那种白衬衫。衬衫的料子太薄，明显看得到里面的白色内衣，然而没有半点性感，都是骨瘦轻寒的样子。她站在落满夕阳的走廊里出年级板报，踩着一张高凳，持着板擦，擦完一些再挪过一点。然后有一个穿同样校服衬衫的男生从楼梯上下来，他背着一个重重的黑书包，手里拿着一罐可乐和面包，跑下去几步，又折了回来，把面包叼在嘴里，从她手中接过板擦，刷刷几下就把她擦不到的地方擦干净了。

明岐有几秒钟打量他的时间，他长高了好多，已经和黑板的上沿齐平，面部线条在浅金色的阳光里格外柔和。扬起的手，皮肤脆薄，能清晰看见两根青色的静脉。

他飞快地擦完，手上落了一层粉尘。他有些无奈地看着它们，口中叼着的面包片很委屈。她递给他一张纸巾，是清风的那款法国香水味的浅黄色包装。

他接过来，含糊地说了声“谢谢”，就跑下楼梯。明岐连忙跑到走廊上，可以看到他最后一片背影。

他马虎地擦了擦手，经过一个熊猫垃圾桶的时候，把纸巾和面包片一起丢掉了。明岐隔着很远看到那一幕，有说不出的难过扎在心上，像是被装进了一个柠檬罐头。

天色，突然暗了下来。

她突然很想念陈家明。

明岐第一次来上海，这么大而精致的一座城市，像一片苍茫的海洋，而陈家明，就像一只透明的虾子，一落进去就消失了。

他的手机一直关机。冰冷机械的女声，让她的心惶恐不安。她打车到陈家明下榻的宾馆等，陈家明回来时，身后几步黏着一个明艳女孩，她把高跟鞋提在手里，晃晃悠悠地走过来，像一只提线的小木偶，酒精让她更加甜美，如烤箱里热气腾腾的蛋糕。

明岐觉得疼，那女孩不是蛋糕，是一口过烫的豆腐腻在她的喉咙，是一截颓废的烟捺熄在她的胸口。

陈家明的表情是一个梦旅人突然被惊醒：“顾明岐，你怎么会在这里？”

他喊她“顾明岐”，三个字口口声声。她哀哀一笑，很快镇定下来：“你两天没有打电话来，我担心你出事，就过来看看。”

“我一个男生能出什么事？”

“是我想太多了。”她低头敛眉，看到女孩的脚趾，十粒豆蔻色，那么美。

“家明，她是谁啊？”女孩的声音迷醉。

“绵绵，你先进去。”

房门关上，陈家明才过来握她的手。他的手在夜色里冰凉滑腻，如一条细细的蛇，缠着她试图解释：“她是我的高中同学，碰巧遇到，一起去酒吧喝了几杯酒，就上来喝杯茶醒醒酒，我们没什么。”

她没有说话，于是他只好继续说：“我本来就打算今天晚上给你打电话的，前两天跑东跑西太忙了。没想到你会过来。”

她失望极了，厌弃地挣脱他的手，其实他也没有握紧。“你只当我没有来过，我在学校等你。”她转身走开，他自然是没有追上来。

她投宿于一家国际青年旅舍，65元一张床位，与陌生男女混住，她一点也不惧怕。

楼下是客厅，落地窗边是松软的沙发，她窝在里面缓缓地抽一包烟，喝一罐啤酒，那模样姿态，像一个迟暮的老兵，壮怀激烈的往事和寂寥的今天，都是凛冽的悲欢扑向她一个人。

人是可以靠回忆过活的，如她，此刻就靠吸一口陈旧的二氧化碳，落索地保持呼吸。那是小学的毕业典礼，他们站在煤渣跑道上拍毕业照。第一排蹲下，第二排半蹲，第三排站着，第四排站到铁架子上。

艳阳太毒辣，他们眯起眼睛，快门闪过的一瞬，有人大笑，有人平静，而站在她身边的那个少年，僵着脸，皱着眉，像有深仇大恨。

呵呵，他受了委屈。那个时候他的个子太矮，排队的时候多了一个男生，于是他被安排在了她的旁边。他觉得是羞辱，而她以为是天大的福祉。

世间的事，往往都是如此，对你太重的意义，对他太轻。最后一根稻草压死一只残喘的骆驼。

她喝醉了竟然就在沙发上睡着了，昏沉时刻被人轻柔地摇醒。她睁开眼睛，是一个晨起跑步的年轻外国男孩。他蓝颜色的眼睛关切地望着她，用不流利的中文询问："小姐，你还好吗？"

她摇摇头，却说："我很好。一切都好。"

男孩丢下她出了门，她扭头看窗外，天光熹微，泛着青灰与鱼肚白。她一个人看着这样的天色，心里酸涩不已。

两天后，陈家明回来了，带回来一大袋石榴，送到明岐宿舍楼下："南方的石榴比北方的好吃，你尝尝。"

她接过来，当作什么事情都没有发生。

论文答辩、拍毕业照、吃散伙饭，六月初的校园里，很多人感到了"离愁"。离愁谁说得最好呢，是朱天文，她说："那是石墙盛开的一树白花在煤灰冷雨里缤纷自落。”

明岐看到这句话，手僵在书页上，如何也舍不得翻过。若得其情，哀矜勿喜。她想她和她想的，是一样的。

她合上书去睡午觉，忘了定闹钟，醒来时已近黄昏。这个光景里的人是脆弱的，她怅然若失，只是不知道失去了什么。她是心疼那些被浪费掉的时光，还是错过的人和事？

突然楼下很喧嚣，她坐起来，跟着舍友一起走到阳台上，原来是她们班的男生，十五个男生齐齐站在楼下，有人喊“一二三”，于是听到整齐划一的吼声：“05古汉语的美女们，我们爱你们！”

有人扬眉笑，有人捂嘴哭，也许里面有她暗恋的男生。她们趴在栏杆上，用尽力气回喊道：“我们也爱你们。”

这就像是“泰坦尼克”号沉没前最后的小提琴演奏，优雅地相约着一同逝去的美好。

明岐看到陈家明，他也在里面，仰脸看着她，他二十三岁的脸，苍凉又遥远，像一枚琥珀，永远静止在了松脂清香里。

明岐落下泪来。

他们一大群人去KTV唱歌，都是些伤感煽情的歌，有人接过话筒唱起："在有生的瞬间能遇到你，竟花光所有运气……"那个男生的声线太像陈奕迅，声音喑哑低沉，唱哭了很多人。明岐红着眼睛望向陈家明，他仍能自持，黑眼珠深情，白眼珠残酷，恍如记忆中的那个少年，什么都没有改变，只有时光流过。

陈家明问："你怎么了？很难过吗？"

她摇头，"我很好。只是有些伤感。"

有人搬了几箱啤酒进来，明岐喝了太多酒，垂着头靠在沙发的一边，沉沉地睡去。

没有人去叫醒她。

是的，不要叫醒她，让她自己慢慢醒来。

还有人继续唱："你说我们的爱情不朽，我想，上面的灰尘一定很厚。"

她的爱情怎么会这么漫长呢？也许像泡在福尔马林里的植物标本，铺满了腐朽又永恒的气息。

但是不朽。

她爱了他那么多年。

·你是我不愿脱离的习惯·

也许每个人想从爱情里得到的东西都是不一样的。

这一直是我记忆中的画面，一棵很茂盛的老梧桐，几粒碎星散发着清寒的光芒。深夜的马路特别寂静，走在星光下像走在水底一样。

我就在这样一条马路上等彭澍。我见过彭澍几百次。每天12点半他从昏暗的广播大楼里走出来，背一个双肩包，总是穿浅色的裤子和球鞋。彭澍应该二十七岁了吧，可还像个大学生。只有他的声音是成熟的，是被时间和世事浸染过的，就像我家乡酒窖里酿的米酒，温和而厚重，是生命里的一种温柔。其实，我一开始喜欢他是因为他的声音。也是，谁不喜欢他的声音呢？出租车司机、夜班护士、失眠的人、温书到深夜的学生，他们都喜欢这个夜间电台主持人彭澍。他们每天听他的节目，借由电磁波向彭澍倾吐心事。彭澍是多么受欢迎的人啊，这看似繁花似锦的深夜，原来处处是寂寞的信徒。彭澍把每个人都安抚得那么好，每次听他说完“晚安，好梦”，真的有好多人心满意足地跌入梦乡。

但是我和他们不一样，只有我会每天门禁后翻出校门来看看他。我所在的寄宿高中离他所在的广播大楼只隔着两条马路。每天我就站在梧桐树下等他出来，有时彭澍边走边吃一个三明治，有时轻笑着打电话，有时只是低着头快步走路。那个固定的出租车司机在路口等他，脚丫子挂在窗玻璃上，见到彭澍远远的身影，他就赶紧把烟抽完，发动车子。彭澍就这样消失在夜色里了，我耳机里的音乐放着许美静的《都市夜归人》，我忽然有些难过。

彭澍一定不记得半年前那个总是给他打热线的女孩，向他倾诉她那些不足为外人道的初恋。彭澍总是静静地听她说完，然后告诉她“这个人只是你不愿意脱离的习惯而已”，他劝导她：“小女孩，请给自己一点勇气。”

我就是那个变勇敢了的小女孩。

“我叫徐美时。就是美好时光的缩写。”我看似镇定其实慌乱无比地向彭澍自报家门，彭澍听着，点了点头，说：“好，徐美时，我记住你的名字了。快回去吧，以后不要来了，好好念书。”

彭澍像往常一样下班，只是这一次他没有径直上出租车，而是掉头向老梧桐树走来。他有点凶巴巴地让我以后不要再来了。我诺诺地点头，又说：“我今年高三，我报考播音主持专业来电台当你的同事好不好？”

彭澍像听了一个笑话一样漫不经心地笑，说：“好呀，欢迎欢迎。”一副哄小朋友的样子。

那个时候，彭澍还是明亮开朗的，笑起来是那种真的快乐。有听众八卦彭澍是恋爱了，彭澍不承认也不否认，只是无意透露，有个人“令我慌乱而笨拙”。说真的，我一点儿也不妒忌。那时我觉得，我的爱是宽广的，我快乐着他的快乐。

半年后的八月盛夏，我穿着我人生里第一双小高跟鞋摇摇晃晃地站在梧桐树下等彭澍下班。我迫不及待地要告诉彭澍我被他的母校录取了，我成为了他的小师妹。凌晨快一点彭澍才从广播大楼里慢悠悠地走出来，令我意外的是旁边还走着一个漂亮的女人。那年夏天，我以为我是全世界最兴奋的人，可是看到彭澍，我就知道我不是。走在她身边，彭澍整个人是那样明亮，像一棵春天里的树，向蓝天舒展呼吸着所有枝条。后来，我从电台的人口中知道她的名字叫王离。

彭澍没有看见我，我在自己预想的舞台上一个人谢幕退场，这真的有点儿沮丧和失落。我一个人慢慢地往回家的路走，树影温柔，星星的光辉被炎热粘在半空中无法移动。我想到以后，很久的以后，如果我依然无法拥有一个和我分享喜悦与感动的人，那么我的人生该是多么寂寞。

真的，你不要笑。这还是2006年，“寂寞”不是一个丢尽脸面的词。人们说起它，是心里真的苦，空落落的。

我也偷偷给彭澍写过长长的情书，但终究不够勇敢，匿名混在听众来信中。现在我已经想不起那些内容，却记得那一阵儿彭澍在节目中说的一句话：“也许每个人想从爱情里得到的东西都是不一样的。”不知道为什么，我觉得那句话回应了我所有的期待与失落。

三年后，也就是2009年，我终于走进了电台的大门。我跟在前辈老师的身后整个人只露出一个衣角。我说我叫徐美时，彭澍偏了偏头看我，说：“这个名字有点印象。”于是我说：“我一直都听您的节目，从高中到现在。”彭澍听了，有些不好意思地笑了，伸出一只手来和我握手，手掌像他的声音一样暖和。

那一整个冬天，我像只无尾熊一样屁颠屁颠地跟在彭澍身后当他的实习生，喊他“彭老师”，声音穿过冬天的晨雾和屋子里的暖气，格外清脆，同事们常常拿这个开彭澍的玩笑。彭澍教我怎么字正腔圆又不做作地发音，教我怎么阅读听众的来信，教我写开场白，教我如何去聆听别人……

彭澍教会我太多太多的东西，而我最怀念的是深夜和彭澍并肩坐在电脑前一人分一个耳机选背景音乐。彭澍是真正的性情中人，他展示出的内心柔软的东西令我渐渐变成一个善良的人。单恋是很苦的，所有的感情从产生到消失，是纯粹一个人的自燃。很多时候，我无法应对那些突如其来的伤心与绝望，我就会有一些怨恨。可是想到他，这些可怕的东西很快就消失了。我不应该怨恨，爱情应该是美的，像温柔的落日，像满膝的芳草，它的本质应该如生命最初的单纯与温柔。

偶尔，彭澍也对我说起王离，他们之间真的是相互欣赏。彭澍总是赞赏她是个优雅又独立的女人，他说那种美是为自己绽放的美。我羡慕她，也真的只能羡慕而已。

时间就这么过去了，在彭澍喜欢听的音乐中，在他坐在我身边起身去倒一杯水的间隙，在很多人睡了又有很多人醒着的长夜。彭澍说他热爱他的工作，喜欢这样待在最寂静的角落里，被最热烈、最真诚的声音包围。彭澍舍不得放下他的工作去她所在的城市，这就是他和王离迟迟没有结婚的原因。

2012年夏天，我第一次正式坐进彭澍坐过的演播室。一样的时分，一样的午夜节目，一样只适合在深夜里浅吟低唱的音乐与心事。第一次播节目，我竟然鬼使神差地说了彭澍的开场白："今夜你过得好不好？月光照完我这边的墙，又去照你那边的墙……"

下了节目，我走在漆黑的楼道里，想起彭澍觉得很难过。他放弃了这里的所有，去了王离的城市。我想起那天分别的时候他说："人生如寄，没有不散的筵席。"彭澍说以后换他听我的节目，他说要好好珍重。那是一个下过暴雨的夏日午后，阳光破云而出，把整条街道和梧桐树染得一地金黄。送走彭澍以后，我站在这样的阳光里，有点儿呼吸不过来。

我在这个城市平静地生活，虽然这个城市里彭澍的痕迹越来越淡，我也没有想过要离开。有时候彭澍第一次和我说过的那句话会在我耳旁不断响起："这个人只是你不愿意脱离的习惯而已。"我告诉自己，有的人穷其一生都在追寻一份自认为美妙得能感动自己的爱情，到最后发现其实那只不过是习惯。那人可能是我吗？我多么希望不是，至少我在彭澍身上学到了太多的东西，对某些东西的坚持，还有对某些东西的舍弃。无论取舍都要发自内心，这才是最珍贵的。

也就是在那天，我收到彭澍寄给我的喜帖，优雅漂亮的纸张，是一张极完美的书签。我把它放进厚厚的书里，塞回书架。有一天，我会忘记吧，再也无法准确地从哪本书中找出它。

“以后的日子天天快乐，夜夜平安。”彭澍就像是所有童话故事的结尾，明明是那么快乐的结局，不知道为什么，在夜里念着念着，有点想哭，又觉得感激。

Chapter 3

I love you

爱，只有心如钢铁地去追求、

不怕不哭，才有可能实现。

·江上故人老·

爱有千万种语言，都很孤独。

若是要用什么来比拟一年的年末，檀香最合宜。它气味深静，像一双厚实的手，轻轻地拍你的肩，劝着你和这一年所有的过往，握手言和。

孙葛二十六岁的那年年末，住在南方小镇一个很有年头的旅馆里。一早醒来就闻到香樟树的气味，又冷又清冽，是树被寒冷逼出的寒气，坚硬又很有血性，她闭上眼睛，深深闻嗅。

小镇是她的故乡，母亲在这里也有一间年久的公寓。她离家多年，早已不惯相处，在镇上逗留四日，一日老同学聚会，陪母亲打两宿麻将，一日步行几公里去半山腰给父亲扫墓。父亲死在寒冬夜，骑着摩托车，觉得冷，去掏怀里的手套，一抬眼，撞进对面雪地般耀眼的卡车灯里。赔偿甚少，少得令母亲爱上成宿成宿的麻将。那一小排城墙砌好，是悲伤的出口。

就像工作曾经之于孙葛。

旅游圈的同行都知道某社有个孙葛，外号“拼命三郎”，一个初出茅庐的小姑娘不仅做销售，还拼得比谁都狠，酒桌上的那一套生意经她不懂，她比诚意，敬谁都是一盅白酒见底，签到了不少团，仗的是光脚的不怕穿鞋的。

每次从狼藉的饭局里退场，夹在一群男人中走出来，孙葛都会有一个时刻分神，不知道这样的日子什么时候是个头。她送走客人，转身进洗手间抠喉咙，身体已经习惯到形成一个条件反射，喝进去的酒悉数吐出来，干净的水冲洗水盆里的秽物的时候，她想今晚应该能睡个好觉了。

整个景区此刻已经连保安都下班了，她等电梯的时候却意外碰见陈桉。春风得意的陈桉，一路乘飞机高升的陈桉，她记得他们同龄，他身上却早没有同龄人的笨拙、慌乱与逢迎。关于他的传闻有很多，他从小受西方教育，和谁都能打成一片，客服妹妹们为了今天谁去给他送快件而争吵的事屡有发生。孙葛对这样的宠儿，敬而远之，拘谨地喊了一声“陈总”，退后两步欲等下一班电梯。

然而他却盯着她红红的眼睛看了会儿，慢悠悠地说：“女孩子工作可以不那么拼命，老得快，不划算。”

她低头笑了笑：“谢谢陈总。”

电梯到了一楼，她要赶末班车，匆匆和他告别，他却拉了拉她的衣袖：“太晚了，打车回去吧，问师傅拿张票，明天来找我报销。”

说话的样子是很真诚的，和两个星期后他在办公室问她愿不愿意来当他助理时一样真诚。真诚是很硬的人身上的一点软，全在陈桉的眼睛里。

这样的知遇之恩，孙葛一把抓住。

孙葛新到岗第一天接到陈桉的任务就是打扫办公室，熟悉每样物品的摆放，整理名片簿，还有给金鱼喂食，给他的零食小仓库补充薄荷味的汽水、康师傅的炒面和上好佳的鲜虾片。

孙葛确认自己没有听错后，在心里对自己的领导翻了两个白眼。虽然对陈桉某些孩子气的行为不敢苟同，但他工作上的严苛、不留情面也确实保证了他手下的年轻团队能屡次被大领导在会议上当众表扬。

陈桉确实忙碌，孙葛作为助理，一天和他说话的次数不会超过两次，大小事都去请示，她被骂回来好几次。渐渐就摸出了门道，隔天准备好所有要请示的重要事项，按轻重排好序，一次请示完毕。另外一些琐事提醒事项，她就写在便利贴上贴在他的电脑屏幕上。陈桉有次请了事假，两天后过来一看，一电脑屏的便利贴，愣了愣，哈哈大笑，调侃孙葛："作为一个80后，你不知道有个爆红的APP叫微信吗？"

孙葛有点委屈："是你说工作第一，生活也第一，不是火烧猴子屁股的事不要随便打扰你。"

陈桉捞起一张便签："现在是火烧猴子屁股了。"便签上写着周三大会做本季度工作汇报，而今天已经是周三，他一个字都没写。

孙葛从背后拿出几张A4纸，是她提前加了几晚班替他整理出来的，工作分析得头头是道，连发言都是他惯用的四字短语加排比。陈桉拍了拍手："好，很好，都可以坐我的位置了。"

孙葛从容一笑："食君之禄，替君分忧。"

陈桉环顾四周，办公桌整齐，鱼儿养得肥，零食库充足，露出满意的神情："深得朕心，走，赏你口好吃的。"

孙葛有些想不通的是，陈桉这样爱超跑、爱美女的富家小子会对一家大排档情有独钟，从小吃到大，每次他们去那里，老板娘都熟悉得跟见了自己儿子似的，拿出特别消毒过的餐具摆好，菜也都是加量，煮得特别下饭，陈桉一下子能划拉三碗。吃饱了他就逗桌底下转悠的流浪狗们，你一块肉，我一块肉，完全一个没心没肺的少年模样。

每次吃饭陈桉都要点冰可乐，大冬天也是，冻得龇牙咧嘴的，还是喜欢。有次他进去添饭，她拿出手机，拍了一张可乐的照片。也不知道为什么，可能就是可乐罐上印的那句“一生一起走”，让人觉得心里暖，却又暖得有点想哭。

青春对孙葛这样的人好像没有什么特别的用处，她的人生好像就是自己为自己设定困难，再把这个困难解决掉，往前进一步。她参加所有公司的进修培训，为弥补自己英语的不足，她还报了一个学习班，每天连轴转，好像那只装了金霸王电池的兔子，一旦跑不动，它就歇菜了。

可是也孤独，孤独有时候是四面楚歌，向你杀伐而来。太疲累的时候，她会偷偷掩进陈桉的办公室。那是一个很大的景观房，躺在地板上，可以看到45度的夜空，幽蓝深静，她感到平静又安全，这里是她的秘密基地。

然而有次在这个时候接到陈桉的电话，慌张地接起，是他略带笑意的声音：“我的金霸王兔子怎么倒下了？”

从窗户探出头看，路灯下他穿着一件蓝色的羽绒服，左手插口袋，拿手机的右手向她扬了扬。

他走上楼，也不开灯，而是径直走过来，和她一起并肩躺在地板上，自顾自说：“以前竟然没发现，这里可以看星星。”

孙葛不说话，他沉默了会儿，问：“为什么不开心？”

“我有点想我爸。”

“那就打电话给他啊。”

“他死了。差不多就是这个季节。”她的声音干干的，既不难过，也不煽情。陈桉有些吃惊，回想起最初在公司见到她的几面，瘦弱的身形却是孤胆英雄般的模样。他伸出手臂，放在她的头顶，让她枕着：“靠过来一些，我给想爸爸的丫头唱首歌。”

他唱了一首英文歌，后来孙葛才知道，那首歌叫*Blue Mountain*，唱的是距离悉尼104公里的蓝山，曾被伊丽莎白女王誉为世界上最美丽的地方，去过的人都不愿意离开。

那首歌唱完，陈桉也成了孙葛心里那座无法翻越又不舍离去的蓝山。

那一阵儿他们团队忙一个竞标案，天天加班至深夜，有家室的同事先走一会儿，留下孙葛整理资料，陈桉继续在白板上圈划重点。有一次实在太晚，凌晨两点，他回过头，看见孙葛蹲在他的背后，埋头理资料，乌黑的长发散开了，铺满单薄的后背。那一瞬，他动了恻隐之心，觉得自己太过苛刻，走过去，喊了声孙葛。她抬起头，望着他，也不知道心里是什么触动，突兀地说了一句："我可不可以握一下你的手，太累了。"

在回去的路上，车内暖气袭人，陈桉的手掌厚实又温暖，低低的蓝调，我们的女战士孙葛终于心满意足地睡着了。

入冬后就是孙葛的生日，第一个为她过生日的人竟是陈桉，以为是一贯的加班，走进办公室却是灯光一暗，一只甜香的蛋糕吐着温柔的火焰。看见他的脸，她的眼泪就落了下来。让她许两个愿，她却说："第一个希望你每天都吃早饭。第二个希望你少抽烟喝酒。"

两个愿望都是关于陈桉，她对他的情意他多少知道，无意扮演韩剧中拯救灰姑娘的完美男主角，可是在握她手的那一瞬，确实动了想好好在一起的念头。

单位禁止办公室恋情，他们谨言慎行，休息室的饮水机成了秘密基地，写了想念、画了爱心的小便签读后都塞在它下面。

只有出差的时候，可以略微放肆些，有次去上海，待同事都睡了，他悄悄带她出去，进衡山路的小酒馆喝一杯。酒吧是正宗的英式风格，老外居多，他们坐二楼，点了一支香槟，一瓶干白，慢慢喝着，有人开始到舞池里跳舞，是伦巴还是恰恰孙葛不懂，只是羡慕地看着她们，那些女孩儿那么风情、那么快乐，在舞伴的手指尖旋转，一圈、两圈，激起的淡淡灰尘混着香水味儿，美得令人叹息。

陈桉向她伸出手来，她刚想拒绝，才发现曲子已经变柔和，可以让人静静地贴着面。这是她第一次这么靠近陈桉，脸埋在他的肩膀处，幽暗灯光下，深深嗅闻他身上珍贵的暖暖的汗味。

太好的时光，好到心里觉得怕。

深夜散场，他在马路边抽烟，脱下巴宝莉的风衣给她，又买了乞讨老太太枯萎的玫瑰。孙葛说："陈桉，你不要对我这么好。"

他没有说话，只是拢了拢她的肩。

很多事情，当你觉得好得不像是真的一样时，其实确实就会戛然而止。

他们在一起半年，陈桉夹在她和强势的母亲之间，犹豫又疲累。他那么有权有势的家庭，那么多人，只有一个爷爷对她笑，邀请她去家里做客，温了一壶黄酒喝，等半夜昙花开。老爷子养了几十年昙花，已经能预知花期。笑眯眯地对孙葛说："昙花好香的啊，小姑娘你对老头子我笑一笑嘛。"

孙葛就傻傻地笑了，喝一杯笑一次，陈桉也被他逗笑了，祖孙三人笑个不停。昙花在深夜开了，香得那么沉醉，酒已换成茶，老人回屋睡去，天上一片话梅核般的月亮。孙葛有些醉意，痴痴地望着昙花，却对陈桉说："很多苦都不能同你讲。能跟你一起看次昙花，也是很知足了。"

爱是与行之力，她心里很明白，有些路只能走到这里了，她到头了。

有次陈桉从家里负气出走，带她去醉桂堂喝茶，很别致的茶室，开在一座山和一片湖的深处，院落里栽满了桂花树，若是时节刚好来，茶客就要醉倒在这片桂花海里了。

可是他们来的时候是春天，都是别的花香得馥郁。陈桉要了一泡极品好茶，老曼峨，古树普洱，香味被闷了那么多年，茶是好茶，也是铭心的苦。陈桉问："苦吗？"孙葛摇摇头："一点儿都不苦，我现在是吃什么都带甜味儿。"

陈桉却没有笑，皱着眉，好像真的被茶苦坏了心情。

关于陈桉的新恋情都是听说，听说女孩家世太好，刚从加拿大读完研究生回来，很体面又不傲慢，见过的同事都对她印象很好，这里面也包括孙葛。陈桉惊讶她的镇定，竟然不吵不闹，就这样从他人生里退了场。那些深夜痛哭，陈桉是不会懂的，所有感情里将发生的其实都有预知，在他们濒临分手的那一阵儿，有次孙葛在洗澡，外面手机响，是她设给陈桉的铃声，她急急忙忙地跑出来接，脚底打滑，下巴磕在洗手台上，那一瞬的疼钻心而麻木，把她浑身冰冷地定在了那里，而外面的铃声也在这个时候戛然而止。

陈桉不懂孙葛，以为她会恨。若他懂她的卑微，就知道她说的所有的祝福都是真的。

他们的恋情就这么被抹去了，本也没有多少人知道，退回到同事关系。偶尔一起值班，午休时在他办公室的景观房里，他在电脑前打游戏，她坐在会客的沙发前给他泡茶，阳光像积雪融化在地板上，这样平凡的午后，孙葛知道一生都难再得了。

她觉得难过，轻轻地走出去，掩上了门。

不过几秒钟，她就摔倒在了楼梯上。医院醒来，医生说脑子里长了个瘤，凑够钱就准备做手术吧。

她没有让母亲知道，陈桉则有情义地陪在她身边照顾，女朋友来过两次，一次带了鲜花，一次带了保姆煲的鸡汤。孙葛的手术很顺利，微创，没有开颅，只是恢复还要好久，走路都不平衡。

陈桉推着轮椅车带她出去晒太阳，医院的后山有很多老松树，晚来寂静，松香令人平静又觉凄清。陈桉隔开几步，望着她戴着绒线帽的背影，心下恻隐，想起从前她蹲在他背后，头发铺满背的样子，忍不住揉眼睛。从前她说太累了，我可不可以握一下你的手；从前她枕着他的手臂在地板上看月亮；从前她说我只有两个愿望，你要吃早饭，你要少抽烟……

从前他爱过这个女孩，也只到爱过为止。

起风了，晚风吹动松涛，孙葛入迷地看了一会儿，轻轻地叹了一口气："如果我死了，梦就不会醒了。"

可是活着总比死了好。孙葛二十六岁的时候回故乡养身体，用陈旧的钥匙打开铁门，母亲在厨房里守着一锅鸡汤等她回来，灶边上的收音机里，混着杂音放着邓丽君的《甜蜜蜜》。

"甜蜜蜜，你笑得甜蜜蜜，好像花儿开在春风里，开在春风里……"

阳光照着锈了的铁窗，慈悲又无助。

小武

这就是小武的初衷，也是和平年代小武一个人的英雄主义。

是不是每一个去别的城市漂过的女孩都有一个小武情节?

小武一定年轻好相貌，这可能是他唯一的优点。没有钱，工作也不体面，但小武一定熟悉这座城市，当过你的导游。你们也一定一起吃过盒饭、煮过泡面、喝过啤酒。呵，小武就像那种年轻的酒呢，便宜的、可爱的、亲近的。在烟雾缭绕的烧烤摊，泡沫还在唇边，眼泪还在睫毛上，就闭眼探身过去接一个吻。你心里也一定知道，你只能让小武陪一阵儿。你孤单落寞，需要小武，可小武心里怎么想你不愿去猜。你假设小武是笨的、轻浮的，比你更想当这是一段露水情缘。

啤酒般的小武，注定也是最适合拿来牺牲的。

小武的生活智慧是惊人的，比如他教导陈欢说："人和人是不一样的，你一个西红柿跟黄瓜比什么呢？但也别瞧不起茄子。"

陈欢小鸡啄米般连连点头。彼时，陈欢还刚漂到上海，连脚跟都没有站稳就撒丫子去追赶别人了。小武不一样，小武已经在这里混了五个年头了，是个老咖，从一开始开出租老收到假钱到后来学会移花接木把假钱换给外国人，小武的生存智慧，也不是一天练成的。

小武第一次见陈欢是在二月，上海进入连绵的雨季，陈欢OL打扮走出写字楼伸手招了他的出租车。陈欢刚做一家外企的公司财务，成天跑腿，这次是去外高桥保税区。小武看人凭感觉，对讨厌的人装哑巴，对喜欢的人侃大山。陈欢小家碧玉，是茉莉花那型的，所以小武对陈欢滔滔不绝。小武肚子里装了一箩筐这个城市的故事，尺度拿捏得当，绝不让人生厌。来回车程近两个小时，陈欢和小武也熟了，临下车付钱拿发票的时候，小武使了个手脚让陈欢可以多报销五十元。陈欢有些犹豫，小武怂恿："拿着吧，这事我拿手，有个老客户我都帮他挣了小孩一年奶粉钱。大公司不差你这点儿，一小姑娘在外头对自己好点儿。"小武撕了烟盒子的一角写下联系方式递给陈欢，"下次去那么远的地方还找我。"

姜志武，字刚硬大气，陈欢捏在手心里，觉得小武就像自己徐州老家的一种叫煎饼馃子的食物，便宜、热乎、填肚子。小武算是陈欢在上海的第一个可以说上话的朋友，特别放心。而在这里，无论是去结交一个体面的朋友，还是爱上一个体面的人，都是一件令人惴惴不安的事。他不是令你自卑就是令你害怕失去。

小武，二十七岁，没房没车，三餐不定，高中文凭，当了五年海军，退伍后开出租至今。陈欢，二十五岁，名校毕业，月薪六千，出入静安区高档写字楼，但还是只吃全家的便当，因为她要省钱买全套香奈儿的化妆品。他们认识一年半，陈欢的上海话讲得可以鱼目混珠，小武依然会讲一些让她瞠目结舌的话。比如这次，在静静听完陈欢用上海话和信用卡客服吵完架，他说："不错，变成了一只合格的上海小兽了，没人欺负得了你。"

这一年半，陈欢简直进入第二个青春期，各方面急剧成长。终于不再动辄就像惊弓之鸟，安稳了些，也体面多了，大概小武是她唯一的不体面，一个开出租车的半文盲朋友。估计他一生的故事都逃不了一本皱巴巴页面泛黄的《故事会》。有时候，陈欢挺为小武感到悲哀的，当然她以为她掩饰得很好。陈欢在谈第二场恋爱了，可是都太经济适用，这令她有点儿泄气。大部分的业余时间，陈欢还是和小武厮混在一起，坐在小武的出租车里游游车河，看看虹口的老别墅。小武知道很多这样一些不花钱但挺好的地方，陈欢心情低落时小武就带她去溜一圈儿。上海又进入第二个雨季了，雨点噼里啪啦打在老梧桐树叶上。陈欢想起书上的句子："桐花万里路，连朝语不息。"陈欢扭头看小武的脸，她想她是感激小武的。她想如果小武有钱，她一定会爱上他的。或者没有钱也没有关系，出息一些，他们一起奋斗。可是小武没有大志向，只想赚够了钱去崇明建座小房子养老。小武说他有点累了，一直都在漂，很想停下来了。截然不同的两个人，陈欢一开始就知道，除非有一个天赐的契机，否则她和小武，不会有新的剧情。

陈欢第三段恋情是和公司新调来的副总，从小连彩票都没有中过十元以上的陈欢觉得自己这次是走了大运，陈欢智商也不低，这次却全心扮演起灰姑娘的角色等待被拯救、被珍爱。世界上哪有那么多英雄主义。很快，公司的总经理被解聘，副总顶替上来，陈欢的地下恋情还没见光已经被掐死，还丢了助理的工作。搬着纸盒从写字楼里出来，痴痴呆呆地立在路灯下淋雨，陈欢觉得自己蠢透了，做了一场春秋大梦。

倒是之前被冷落好一阵儿的小武开着那辆黯淡的出租车适时出现，担任救苦救难的角色，小武说：“上车吧，带你去吃东西，身体是革命的本钱。”

数九寒天里一盆辣油翻滚的火锅，两个人面对面埋头猛吃。陈欢原本在羽绒服里面还穿着衬衫A字裙，撑得难受索性去街对面的小店里五十元买了件抹布一样的T恤罩在身上回来继续吃。大概就是从那个举动开始，陈欢其实已经开始转变了，从野心勃勃到有些随遇而安，可是陈欢自己不知道。小武问：“工作怎么找呢？不然把你简历放我车上吧，我拉到大人物模样的客人就请他们看看。”陈欢扑哧笑了：“那你顺道帮我把婚也征了吧，来个爱情事业双丰收。”

小武讪讪地笑，他也觉得这个办法土了点。但是陈欢心里暖，小武的话戳了她的心窝子，她想只有小武是真的对她好。虽然没有什么实质作用，但也是一种好。

陈欢穿着抹布似的T恤，吃得满嘴辣油，破罐子破摔般捅破窗户纸：“姜志武，你喜欢我吧？你想和我在一起吗？”

陈欢蛰伏了一阵儿终于找到了更满意的新工作，氛围轻松，同事和睦，周末常常有聚会。新同事说：“陈欢，把你家那位也带出来玩啊，他在哪个写字楼上班？”陈欢愣一愣，脸不红心不跳地撒谎，为小武捏造了一份体面的工作。

由此陈欢就热衷于改造小武，从头到脚收拾起来。小武自嘲：“一眼看上去，我真要忘了自己是开出租的，真把自己当一个社会小精英了。”小武陪陈欢去参加同事聚会，普通一顿饭唱个K小武惊出一身冷汗，开出租也不踏实，生怕载到陈欢的同事。小武认识这座城市的每一条路，这个让他曾经如鱼得水的地方如今总令他莫名其妙地紧张，小武沉默而闷闷不乐。陈欢要求他不准去公司附近拉客，不准做任何停留，小武点头再点头，说：“都听你的。”如果这也算得上是一场爱情的话，那么小武的背影，远远看去，好像一条狗。

这次陈欢令小武落荒而逃。他拉了一个客人在陈欢公司附近下车，想着吃一碗泡面就走。有人敲窗玻璃，他以为又是一单生意，抬起头偏偏见到陈欢与她的同事。“这个司机长得也太像你们Steven了。”“Steven闻到泡面味就想吐，Steven也不会穿这么没品的衣服。”陈欢的语气听着那么镇定，小武愣一愣，连忙猛踩油门逃跑。滚烫的泡面全泼在大腿上，也不觉得疼。小武想逃，离刚才那两个人远远的，可是红灯和车流很快就把小武困住了。小武一拳砸在方向盘上：“靠，这天鹅肉老子不吃还不行嘛！”刚骂完小武就突然哭了，他知道他陪不了陈欢了。以前陈欢就一直在伤害他的自尊，他不在乎，他觉得自尊不值钱。但是现在，他知道不一样了，陈欢令他陷入越来越深的自卑当中，这些长久的伤害令小武无法面对自己。这个被军队教育了五年的男人，怎么也想不明白，他有强健的体魄和还算正直的心，在战争年代甚至可以流血千里，为什么在和平世界里却寸步难行，连一份平凡的爱情都无法守护。

小武就这么消失了，留给陈欢一间还有大半年租期的房子和五万元的现金。陈欢捏在手里，沉甸甸的。陈欢想这应该是小武的大半身家了，她不知道小武是出于什么样的想法要给她这些钱，但这些粉红色的，透着独特香味的纸，确实给陈欢带来了很多安全感。就像昂贵的衣服可以像盔甲一样保护一个人的自尊，陈欢的盔甲是这些香味独特的纸。

只是陈欢无法心安理得，她甚至常常会梦到小武惨死车轮下或是露宿街头，每次见到出租车里一个相似的侧影，都心有余悸。她怕重遇小武又想再见到他。只是你也应该明白，一个城市是很大的，要湮没一个人轻而易举。湮没就是看着他消失于人群，也不再费心去寻找。陈欢总觉得欠了小武什么。

只是陈欢，你有没有想过，也许小武心里如明镜一样。他被牺牲不是因为软弱，而是因为他愿意。真爱一个人的时候，总是带着点牺牲情结的。小武也许从一开始就只是想陪你一段，目睹你从纯真到张牙舞爪到敛起锋芒在这座城市做一只安静而聪明的小兽，这就是小武的初衷，也是和平年代小武一个人的英雄主义。

·最好金龟换杯酒·

只有心如钢铁地去追求、不怕不哭，才有可能实现。

有些人像一个遥远的故乡，远离但非断绝，充满了哀乐，酸涩而绵长，比如陈果之于王晓天，比如王晓天之于白尔。

我是白尔。我从小是财迷，家里的铁皮罐都能成为我的小金库，藏小镯子、金项链、过年的红包。于是床底下摆满金库，我曾像小地主婆一般躺在万贯家财上。

我对王晓天说："你没赶上我的好时候，不然跟着我包你吃香喝辣。"那时王晓天被我逗乐了，笑得眼睛弯弯的，弹了下我的脑袋。

"可是你赶上了我爱情的好时候，从没有这么爱一个人。"我在心里轻轻地说。

2006年的一个黄昏，王晓天在一家婚纱店的玻璃门外等我，我第一次化妆、穿上高跟鞋、摘了眼镜，因为一场年级联谊会而从军训时的小土妞进化成一只小白鹅。王晓天是大我一届的学长，也是我的主持搭档。他穿着黑西装、白衬衫，一棵白杨般站在黄昏里，即使我近视600度也能看到他笑起来非常帅。

联谊晚会非常成功，结束后我们去吃了顿夜宵。夏夜明朗，扎啤凉进肺腑……我吃着烤串，抱着酒瓶，乐呵呵地笑。王晓天指着我笑："这丫头喝醉了！"

"我没有醉，看我走直线！"我开心地说。

后来与王晓天久别重逢，他喝得醉醺醺的，坚持在我家客厅走直线，歪歪扭扭撞了几次墙，我在旁边看得流泪，他突然回过头来："白尔，是你啊。”

是的，是那个为了讨好他冬至跑到他的家乡去买桂花甜酿酒的白尔。那种酒每年只在冬至前一个星期上市，卖到冬至就没有了。十八岁的白尔跟着一群老头老太太在酒庄前排队买散酒，又赶在冬至夜端着饺子出现在他的出租屋门口。王晓天愣了愣，说：“难为你想到了。”

后来的两年，每到冬至前一个星期，我们就去苏州买一大箱冬酿酒回来，加雪碧甜甜的。

因为保质期短，大家都当水喝，于是整个十二月末我们都处于一种开心的状态，见到人就笑如花开。

这么快乐，他也没有爱上我。只要一提起陈果，王晓天脸上的表情就憔悴了。

在一群明亮又略显轻浮的女大学生中间，只有陈果能被称为女人。瘦高，短发，聪明得近似刻薄的脸和无情无义的性感。我跟在她身后，三米左右的距离。秋日的校园，空气明亮得像在烧。我眼睁睁地看她走进光里，短发上燎着火。

我突然明白了王晓天的悲哀，爱就是让一个光芒万丈的人在另一个人面前全失了颜色。在陈果旁边，王晓天很灰很暗，像在青天白日下点的一支蜡烛。

陈果比王晓天大一级，常邀请我们去她在校外开的酒吧坐坐。酒吧开在一间民居里，老房子，有年头的高大的玉兰树在院子的上空伸展着。白天没课的时候，我们就坐在院子里吃野生的枣子、喝酸奶。陈果和王晓天亲密得多，夜深了，各个院的学生来到这里，找到最舒服的状态以后，他们两个就躲到一隅，有时抱着一起跳舞，有时陈果眷恋地把下巴搁在王晓天的肩膀上。他们像两只猫，或者两朵花，或者世间所有两样亭亭而立的事物。我看着，又羡慕又嫉妒。

但陈果和王晓天仅止于此。我们都只在别人的生命里出现一小个片段，是我们自己去将它提取出来，再一帧帧地拉长，仿佛能笼罩一生，一生住在这样的一个黄金时代里。

而我的黄金时代里关于王晓天最漂亮的一幕发生在2009年，秋风起，蟹黄肥，正是吃蟹好时节。

王晓天去阳澄湖买了一大箩筐螃蟹回来，男生在客厅看球赛，女生则在厨房洗手做羹汤。我搬了张小板凳把螃蟹一只只刷得干干净净，整齐地捆好再丢进锅里，又为大家温了一壶老黄酒。等到开饭的时候得到一致表扬，王晓天得意扬扬地揽着我的肩膀："怎么样，我们家小丫鬟一个顶三个吧？"

我侧了侧肩膀，这样大半个身子能落进他的怀抱，傻乎乎地笑。

那晚王晓天喝得有点多，说想出去走走，我就陪着他。我们走到那条胡同里，现在那里非常安静，泛出明亮的光，里面是一群补习的高三学生。陈果毕业了，她的酒吧没有人能继续开下去，于是这里冷清下来。好像陈果一走，一个时代就结束了。

王晓天突然就坐在地上哭起来，陈果没有和他告别，走后也没有任何联络。我看着这个无论是感情还是自尊都被深深伤害的男生，秋夜安详，晚风穿过法桐的叶子，哗啦啦的像要揉碎这个晚上。我有什么办法呢，只能蹲下来，轻轻搂住他。

像王晓天失去陈果一样，我也快要失去他了。虽然我们都不曾拥有，但那种失去的心情，是我们所能体会到的最接近恋爱的心情。

我拖王晓天去拍毕业照，陈果走后他每天都恹恹的，穿一件皱巴巴的衬衫走出宿舍的楼道，被盛夏暴烈的阳光晃得皱紧眉头，他的眼睛红红的，扭头就折回了宿舍。我们不欢而散。

直到那个暑假快要结束了，王晓天突然说来看我。我简直就像个冷宫妃子突然又被宠幸，立马把自己收拾得人模狗样然后坐立不安地等了好久，他还不来，于是我决定把他来的路打扫干净，开始是走廊，接着是楼梯，然后是楼下，最后一直扫到大街上的几里之外。王晓天在不远处看了我好一会儿，笑着说："白尔，迎接朕也不用如此大阵仗啊。"

我撑着扫把："花径不曾缘客扫，蓬门今始为君开。快去给臣妾买瓶雪碧啊，陛下！"

王晓天那天特别快乐，原因自然是陈果，她从澳大利亚打电话给他，闲闲抱怨了几句生活，说了一句想念以前的日子。我不确定后面一句是不是王晓天杜撰。总之这个电话深深地鼓励了王晓天，他立刻放弃了一家公司的聘请，报雅思申请签证。

我对王晓天几年的记忆最后都停留在那个盛夏傍晚，烧过陈果的明亮空气现在烧着王晓天，烧着烧着就把他烧进了晚霞里。

整个大四，我拼命地打工，拼命地学英语，手臂上写满单词，在充斥着洋葱、沙拉和玉米气味的墨西哥餐厅里，我端盘子的时候都在背。有一天店里来了一个黑人老外，店长找我过去当翻译，比画了半天都无果。我非常沮丧，突然发现我和王晓天之间，不只是中文和英文、中国和澳大利亚的距离，而是我爱他和他爱她的鸿沟。只有心如钢铁地去追求、不怕不哭，才有可能实现。

我有些放弃了，像放弃钢琴、书法、名侦探柯南一样，心里慢慢放弃了追寻王晓天。

一年又一年过去，实际上我并没有对他念念不忘，他反而如蜂蜜沉淀在我心里。当男朋友蠢笨时，想起我爱过这样一个飞扬的少年；男朋友粗枝大叶时，想起王晓天陪我在操场上一圈一圈走，听我讲心事。身边的人来了又去，日子也平淡，小心翼翼回味出的一丝甜意也带出漫长的伤感。王晓天的习惯我只留下了一样，就是冬至的那一个月必定要喝酒，只是再没找到当初的那种像踩在云上的快乐。

后来我爱好喝酒，对爱越来越无力，最后成为一个依赖快递和外卖生活的宅女，后来我身边多出了好几个爱喝酒的人，然后有一天这其中的一个带回了我的故人。

四年后的冬至那天，带回了故人。故人脸上有尘染般哀戚，但回来就好。

我见到王晓天的时候他总是醉醺醺的，听说这几年他一直和一个比他长两岁的女人分分合合，都成了彼此的感情泥潭，难以抽身。我这次见到的他，早没有往昔的少年意气，总是不自觉锁着眉，抽烟喝酒，总是一副寥落模样。我们老朋友四年没见，各自人生曲折，我凝视歪头睡在沙发里的他，长长吁了口气，也不知是难过还是庆幸。走进浴室，拧了一块热毛巾帮他擦脸，他醉眼蒙眬地看着我，看了很久。我笑起来："这小丫头喝醉了。我没有醉，看我走直线。"

他握住了我的手，掌心像一块潮湿的木头，我多么想念。

漫长的分离令我们几乎没有什么共同话题可以聊，还好有酒，我和王晓天，还有我们的几个酒友，坐在有热空调的房间里，吃着撒了香菜末的羊肉汤，喝着绍兴黄酒。喝到半夜，身子靠在沙发上，感觉四肢越来越沉，心越来越轻。我看着王晓天傻傻地笑，反复叨叨一句话："你能回来，真好，真好。"

冬夜漫长，他安静地坐在客厅的一隅，看我在键盘上飞快地打字，和人聊旺旺赚钱。他把我的手抓过去和他比了比："你的手掌真小，像小猫的爪子。"

我反抓住他的手，不肯放。他有时候在我家过夜，我缩手缩脚依偎在他身边，第二天起来总是落枕。他发短信过来问："我的小狗头还疼吗？"我连忙回："疼一辈子才好呢。"

我们从不提起陈果。

雨季来临的时候，我家楼下的电梯里多了一只被淋得浑身湿透的流浪小狗，蜷缩在角落里，有时被人群带进电梯，吓得一直在抖，又因为贪恋里面的暖和，不愿意出来。王晓天叹了口气，说："带回去养吧。"我虽然不喜欢动物，但他说好的，我总也觉得好。

王晓天爱带我去吃夜宵，去时他开车，回来的时候他喝了点酒，就坐副驾驶。我们开着广播听午夜的音乐节目。天气一点点回暖，夜风中已有让人沉醉的暖意。有时到了家我们都不愿意下车，要握着手听完一首歌。王晓天在我身边常常笑，因为我是让他轻松的白尔，没有半点儿烦忧。像床头的一杯白开水，上学路上总经过的一家早餐铺，还有二十四小时亮着光的便利店。

没有人问过我："白尔，你难不难过？"

他们说：最后所有的爱恨，都只变成午夜出租车上半分钟的失神。我坐在去王晓天家的出租车上，那半分钟能让我回想起刚刚发生的那一幕。

手机在地板上嗡嗡地响，按掉了两次又锲而不舍地响起，王晓天挣扎着站起来，去洗手间接电话。你在意一个人，就只敢按掉她两次电话，因为害怕她从此再也不打来。

我手脚并用，堵在电梯口不让他走，僵持了一阵儿，他无奈地看着我，"白尔，你不要这样。"我抱着他哭，泪痕把皮肤缩紧了，整张脸像干涸的土地，飞快地吸干了每一滴眼泪。可他还是无动于衷地走了。

我跑下楼，在王晓天身后拦了一辆出租车。最后我们两辆车都停在一个有些陈旧的小区内，夜色很深，路边开出了那种常见又香浓的野花，使这个等待的夜晚显得更加平庸。

可我的心里还在为王晓天开脱，他可能是去找一个更年轻的女孩，谈一场游刃有余的恋爱，就像他从前那样。谁愿意这样喜怒哀乐全攥在一个人手里呢？可是当我看到他踉跄地奔向那个楼道里走出来的瘦弱女人时，那似一张网兜头罩下来的难过还是压垮了我。一个人到底要被伤多少次才能对另一个人完全放弃期待，学会爱若难以放在手里，就把这双手放进心里？

我去王晓天家里等他，小狗布雷听到声响立马跑出来黏在我的脚边，以为我要把它带回家。我恍惚地看着它，突然悲从中来，我和王晓天最好的日子，大概也只有它看到。

凌晨时分的夜空是最压抑的，黑云压城城欲摧。王晓天最终还是没有回来，我在他家里里外外转了几圈，发现我要带走的全部东西只是牙刷和洗面奶。

天快亮了，我开了客厅的一盏灯，坐在鞋柜旁，把王晓天的鞋子一只只拿出来擦干净。他穿43号的鞋，喜欢的款式穿得有些旧了，脚底的左侧被磨平很多；不喜欢的款式则仍然是崭新的。我一边擦，眼泪就流下来。我没有想到我们的时间这么短，我连一双新鞋都来不及为他买，而我们还要走那么漫长的人生路。

后来关于王晓天的皆为听说，听说他为了陈果离家出走，听说他们最窘迫的时候要去朋友家蹭空调。慢慢地，这些听说也变少了，因为内心会有一层保护膜去屏蔽。

有一晚，我做了一个梦，梦境非常恐怖，醒过来时掌心全是泛白的指甲印。我惶惶地打开灯，天还没有亮，身旁空无一人，不过外面已是夏日清晨悦耳的鸟语花香。我忽然就心安了。

·停弦渡风雪归人·

人这心里有一辈子就够了。

要过去很多年，还想起一个人，那时的想念，该是很真诚的了。不过岁月也凝霜，这么多年，早已把一颗爱慕的心，冻成了老柿。

心也有鲜活饱满的时候，在2006年的美国纽约。

两个年轻的中国学生，彭葛原和季苍，同住在老城区一间破败公寓的地下室，同是漂洋过海，年纪也相仿，却鲜少有来往。因为忙，也因为穷：时间都用来多看一页书，多打一份工；手头拮据得吃一顿肉都要下一番狠心，寒暄是需要礼尚往来的，都要用钱。不如做个冷漠的人，看上去拒人千里，无欲则刚。他们都只有一个念头，念完书，拿到学位，赶紧回国赚钱，火急火燎地赚钱。

谁要这青春，这一无所有、穷得连快乐都没有的沮丧青春。

纽约的冬天又那么漫长，总是大雪覆地，地下室的气窗只和地面齐平，雪大的时候这唯一的一处光亮就被掩盖了。每到那个时候，季苍都有一种感觉，觉得住在这里的人们都像是一只只藏起来的小松鼠，吃着少得可怜的食物，等待春天的到来。那么想的时候，心里倒是生出一点温暖来了。趴在气窗边向外看，远远看到葛原走过来，他的步子总是快的，像一只大号的松鼠。松鼠啪一下摔了一跤，站起来掸掉雪钻进了树洞。

在一楼的公用厨房遇到他，季苍想起大松鼠的比喻，忍不住看着他笑了一下。葛原觉得这笑来得诧异，却也善意地提醒："外面地上很滑，你待会儿去打工的时候走起来留点儿神。"

说完，他准备回房间，手里提着一壶烧开的热水。季苍知道那就是他的晚饭，一块干得发硬的面包，就着家里带来的辣椒酱。他狼吞虎咽地吃完，再灌一大杯热水，面包膨胀起来，就不容易饿了。然而也有坏处，辣椒酱吃得他满脸青春痘，变成了一只一点都不帅的松鼠。

他们之间的交情很浅，然而那天季苍却挽留了他：“我待会儿做好吃的，你要一起吃点儿吗？草头圈子爱吃不？就是大肠，炒得油汪汪的。”

葛原吞了一下口水。

草头圈子是上海的老式菜，圈子就是大肠，草头在祖国大江南北的田头俯拾皆是，草头铺底，红烧的圈子盖在上面，又有肉香，又解油腻。季苍的奶奶是上海人，她耳濡目染也学了几招，而这道菜她最常做，因为在美国，外国人不爱吃大肠这类内脏，所以很便宜。那天，葛原只觉得那道菜香气太诱人，香得好像连吃了两碗米饭。吃人嘴短，他连连说季苍好话。其实哪有那么好吃，草头是超市里不要的，老得都掐不动，还不小心往菜里多倒了一点儿白酒，酒味略浓。

大概是太久没有和别人一起吃过饭了，两个人都吃出了一点儿乡愁，又有一些心慌，好像身边的人就是在这个荒凉世界里能抓住的唯一的、温暖的事物。

那一年的圣诞节他们两个人一起过，在超市里买了一瓶极便宜的干白，又狠下心切了一大块火腿，喜气洋洋地举了杯，在季苍的房间里席地而坐，大快朵颐。她是潮汕人，从家里带来的几颗水仙球一直养在瓷盆里，入冬后渐渐开了，此时室内有淡淡的香气，也给他们的贫寒增加了些微的诗意。

葛原深深嗅了一口这冷香，笑着说：“你真是什么都能带到美国来啊。还带了什么好东西，让我瞧瞧。”

还带了茶叶，大质山的凤凰单枞。他们潮汕人嗜茶如命，又生性悠闲，一锅粥能煮一个上午，一壶茶能喝一个下午。多好的日子，偏偏自己要跑出来。微醉的季苍傻傻地问自己：“我这么辛辛苦苦跑到这里，这到底是为什么啊？”

葛原顿了顿，说：“为了明天。季苍，为了我们的远大前程。”

他们扬手，又干了一杯。

日子因为多了这样一个人而有了一些暖意。有时深夜葛原会去季苍打工的中国餐馆接她，一起走两个街区，回到他们的松鼠洞。每一次都会经过一家甜品店的后门，这个时候季苍会大口大口地吸气，把空气中剩余的烤面包的香气吸进来，因为那里的面包实在太好吃了，但也实在太贵。

这个深夜，甜品店的后门开着，几个工人在搬运面粉、糖霜等原材料。远远看过去，糖霜如雪，连空气都是甜的。两个人就这样停下了脚步，葛原吻了季苍，她的嘴唇上沾着糖霜，异常甜蜜。

因为爱情，也因为生计，两个人就这样住在了一起，剩下的房租开销可以用来改善伙食。那个小小的厨房在那一年成为季苍最幸福的小天地，因为有葛原和她相依为命。

而葛原也从未闻过那么香的饭菜，那香气里包含着盛大的平静和卑微的生活之息，由柴米油盐构成的熨帖，叫人无限安慰。他们被渺小伤害，也被渺小安慰。

从这一年冬天到下一年冬天，季苍躺在葛原怀里，地下室没有暖气，那片窄窄的气窗透着雪光。冬日里阳光都是冷的，泛着白，很吝啬地透过这灰败的窗，短短地照进来这一刻。季苍在那稍纵即逝的阳光里向葛原回忆她的家乡，那里有一个渡口叫停弦渡。传说司马相如曾经去过那里，在等候船夫之际，拨弄起琴弦来。船来，弦断，渡去，那么干净利落。

季苍说："我们快要回去了吧。真好。"

只这么一小会儿，那吝啬的阳光已经消失了。葛原在心里想着别的一些事，季苍说要回家的时候，他没有附和。当季苍的眼睛看向他的眼睛的时候，他捏了捏她的手："季苍，如果有机会，我想回报你。"

季苍其实很傻，总是察觉不到一些很明显的地方；但这个时候季苍又特别聪明，听得出葛原的弦外之音。

没有同样厚度的爱去回应的时候，才会想到要回报。

2008年，祖国繁华如梦，季苍归乡，未衣锦，甚至有些落魄。

葛原向她坦白，他出来以后就没有打算回去。在他的家乡还有一个拿每月工资资助他念书的女朋友，他与她约定等他在美国找到工作就接她过来。为了这渺茫的约定，他们熬过了一年又一年。

他对季苍说“对不起”。季苍拦下了他的话：“你不用回报我。不会有那样的机会。”

葛原送他去机场，两个人心里都难受，有千言万语，都如鲠在喉。季苍红了眼睛，脱下羽绒外套，把缝在最里面的一个口袋撕了，里面有不多不少的一叠美金。她塞进葛原的手里，头也不回地走了。

在匮乏的年纪，如果感情可以用钱来表达，那么季苍就是倾家荡产。

纽约的冬天总是多雪，行人都裹紧外套埋头匆匆赶路。葛原漫无目的地走在马路上，从未发现纽约也有这么落魄的时候。他茫然的背影，在寒冷的雪景里，走成了一个长镜头。

这长镜头里还有两年，都是各自最苦的时候，却都自觉变成杳无音信的人。季苍在北上广这样的追梦城辗转，毫无依靠时女人若还没有钱，心里该是多么慌。季苍觉得那两年，她好像只为一个目标在奋斗，就是不要让自己心慌。一分一厘，赚得都辛苦。而关于葛原，太长时间过去了，她刻意忘记了他的联系方式，也忘记了曾经怎样心急如焚地分开一天就想要见到他。只是到午夜梦回，或是凌晨惊醒，那些人最脆弱的时候，会迷迷糊糊地想起他，某个过去的瞬间，一个眼神，像浪花的手，或者破碎的脸。

而葛原，带着赎罪般的心，拼命存钱，试图实现自己对另一个女人的诺言。他搬到了一个更加简陋的地下室，冬天冷如冰窖，睡觉总是被冻醒；而夏天蚊子又可怕，不通风不能用杀虫剂，所以满墙都是死蚊子的血，褐红色一片。有一次迷迷蒙蒙醒来，发现墙脚上的洞口有老鼠在探头，很怕被咬，抖着手用报纸搓成球去堵住，惊魂未定，靠在墙上，心如死灰。那个时候想起季苍，觉得季苍一定会懂他的苦。可是季苍明明也没有跟他一起经历这样的苦。回想起他们在一起的岁月，明明动荡落魄，现在想来内心却是格外安宁，甚至觉得浪漫。他记得季苍怕黑，住地下室的时候要到一楼去用卫生间，每次都是要他举着蜡烛陪她一起，老房子的木楼梯，两个人走在上面嘎吱嘎吱响，烛火昏黄温暖，似不可追的昨日。

一年后他研究生毕业，境遇也没有改变多少。一个毫无背景的华人，想在美国站稳脚跟，难于上青天。女友终于等不及他，在结婚前一晚给他打电话，痛哭流涕。他挂上电话，恍恍惚惚很久。

他不是一个好人，有时优柔，有时长情，有时懦弱，有时又有盲目的决心。他只是一个男人。

要找到季苍。下这个决心的时候心里突然有些胆怯。的确如此，人这样一个血肉之躯，抓住幸福比忍受痛苦更需百倍勇气。

人海苍茫，这一找就是两年，葛原对季苍的了解少得可怜，只记得她说过老家在潮州一个县里，迷糊地去找过，一无所获。时间一天天过去，也想明白了一些道理。我们喜欢一个人，深爱，那么越过深爱之后呢，也不过是人海里相忘，各自怀着荒谬的旧伤口。

葛原不找了，用精力爱上喝茶，访茶山，搜罗各地好茶，尤爱广东乌龙茶。那时季苍在美国，手里捧着小小一个茶壶，那茶叶的味道，他记得。白云苍狗，很多事都会改变，心境也平缓了很多。对季苍的牵挂只放在内心的一个小角落里。那个角落里的葛原，像一个固执的老头儿，留着一条晚清的辫子。没有想改变什么，只是想再见故人一面。

有次在杭州的一个山野小饭馆里吃饭、喝酒，席间有一个妩媚的女子，醉眼多次看向他，他也心动。她醉了，唱起蔡琴的老歌："某年某月的某一天，就像一张破碎的脸。难以开口道再见，就让一切走远……"

他的心动蓦地静了，偃旗息鼓，什么都听懂了，那歌里唱的，什么是破碎的脸，什么是浪花的手，讲的是人心里的一辈子。

酒后，店主人端来一壶茶，他醉意迷蒙地喝，如梦初醒。季苍的味道，那年美国纽约贫穷的味道。

“茶是一个故友送的。雪片稻花香，是唐宇和他的妻子一起做的，一年就做这一次冬茶。这香味独特吧，明明那么香，闻着却总能让人心里难过起来。”

他们住在大质山的棋盘村，葛原辗转到的时候，只有唐宇一个人在，季苍外出，正好还有一日就归来。听说葛原是她在美国时的故友，挽留住下。

而那时的季苍，夜宿在青城山的一个道观。临睡前站在走廊上看，偌大的道观里，到处黑沉沉的，只有一个中年道士拎着一盏风灯，前门后门地巡视，是这巨大黑暗中唯一亮的人影。季苍凄惶地站在那里，突然明白了在爱里，最极致的孤单也不过如此。

当晚梦见葛原，梦中大雪，也是在这个道观，她提着风灯在梨花般的白月光里走下山，见他在那里等他，却是发不出声音，无法相认。

梦见下雪，是有丧事。季苍醒来，心中难过。这几年，不知葛原过得好不好。

然而世事宛转沉重至不可说，很多重逢是没有意义的，人这心里装着一辈子就够了。八年后他们的重逢，在这座偏远僻静的茶山，三月的茶山，满山的紫藤和映山红，春色正丰盛。他们却是萎谢了，能说些什么呢？故事早已被岁月掩埋，你还活着就好。

季苍说：“我给你泡壶茶吧。你还没有喝过我泡的茶吧。”两个“吧”语气都很轻，好像怕惊扰了什么。语气也是平静的，那种平静，是告别了一切，再不回头。

送葛原走，出了里屋，在敞亮的天井下站一会儿。两个人一左一右站在门框里，倚靠着门框，安静得像两尊佛。有一束阳光渐渐地打在他们的身上，季苍眼眶微湿。还能有这样一道光，把这么多年的风尘照得干干净净。还爱葛原吗？爱着，但那爱在岁月里只成了永世的牵挂，却再也没有开始的勇气。

那束阳光转向了别处，葛原也就走了。

那之后他的岁月和季苍再没有关联，像树长年轮一样专心老着自己的年纪。始终是飘飘荡荡，后来漂到了北京，也是冬日，朋友请他吃上海私房菜，觥筹交错间，服务员端出一盘草头圈子，他镇定地夹了一筷，却是五味杂陈。旁边的仿古唱机里放着京戏，朋友说那是余叔岩唱的《鱼肠剑》，依稀听得清一句“一事无成两鬓斑”。

只那瞬，葛原想起前尘往事，想起永无机会报答的季苍，忽然被草头里浓厚的白酒味呛了，咳了几声，抬起头，泪光盈盈。

未过半百的年纪，欲言却已有泪。葛原的手边是扶栏，湖水漆黑幽深，一层一层荡远。他好想纵身一跃，泅入那深深湖底，只因他记挂的、追缅的，都已深深沉没，此生不复重现。

·爱情由奢入俭难·

没有人教我们怎么去生活。

我的爱情留下了很深的后遗症。

当这种症状发作的时候，我会在家拿出一口小锅点上火，粗暴地拆开包装袋，把面饼丢进水里，再敲进一个鸡蛋，火腿肠掰成三段。当它们在这个小小的锅里会合，慢慢沸腾起来的时候，我的心就一点点平静下去。

你知道泡面这样的食物很像失恋吗？当你寻求于它的时候，你很无助；撒调料包的时候会鼻酸；在失去食欲前把它赶紧吃掉，眼睛就被热气熏出了眼泪；你闻着头发里乱糟糟的气味，陷入了自暴自弃。

我总在黄昏的时候犯病，那些时候，我抱着小锅坐在阳台的台阶上，浸在夕阳里一边看落日，一边把泡面一口一口吃掉。

我能做好一整桌五颜六色的菜，可是我煮的泡面特别难吃。春天快要来了吧，天空又高又邈远，杨树的枝条打起毛茸茸的芽苞，隔壁人家低低地放着电视。我该去菜市场买新鲜的鱼和芦蒿，我的恋人也快要回来了。

可是我什么都不想做，我痴痴地抱着我滚烫的泡面。

我想念姚望。想念和难以下咽的泡面一样，都令人难过。

我是苏美佳，2004年，我在四平的吉林师范大学读书，男朋友姚望在长春理工大学，每周我坐火车去看他，车票17元9角，车程1小时20分钟。这两所学校联姻数十年，为很多像我和姚望这样的男女生解决了恋爱问题。

所以每周末的这趟火车都快热闹疯了，挤来挤去碰到的都是熟人。这个在画眉毛，那个在抹口红，我像个军师一样煞有介事地帮她们参谋。

虽然我知道她们都是一帮重色轻友的浑蛋，只要火车一停，她们会像蝴蝶一样扑进男朋友的怀抱，并在我的平底鞋上留下柔软的脚印。可是我还是喜欢她们，望着她们就像在照镜子。

这是一趟开往春天的火车。车轮哐当哐当地前进，满车厢暖暖的阳光。

姚望在出站口等我，双手插在牛仔裤的兜里，松松垮垮地站在那里，漫不经心的模样。

但是我能肯定他这个pose一定在镜子前拗了不下十次。每次见他我都好兴奋，猴子一样跳上他的背，圈着他的脖子，摘下他的帽子戴在自己头上，撒娇地说："我好想你啊。"

他急忙把我扔下来："苏美佳，走光啦！"

姚望喊我"小猴子"，我们在长春公园里晒太阳喂鱼，晃晃悠悠一下午就过去了。经过一个老头摆的糖人摊，他给我买了一个孙悟空的糖人，走了几步，又买一大个粉嫩的棉花糖，嬉笑着说："大圣爷，你看，你的筋斗云来喽。"

我接过我的筋斗云，伸手摸他的笑脸，好暖好暖，也好怕它融化掉。

在长春，离电影制片厂不远的地方还有那样的老式电影院，十几层的水泥楼梯，两大块军绿色的厚棉被隔开里外。在门口交几十元就可以在里面耗上一整天，想看几部就看几部，当然放映的多数是老片子，看太多遍了都看腻了。于是夏天的晚上，我们就坐在电影院外面的石阶上聊天，看星星，听身后传来男女主人公的声音，猜测故事讲到哪里了，到了都喜欢的情节，再一起手拉手钻回去。

电影院小小的、旧旧的，暗红色的座椅，磨得褪了色的木地板，架在高处的放映机打一束明亮的光到幕布上，光经过之处，灰尘像跳舞一样欢快。有次到深夜人都走光了，我们在这样半晦半明的旧电影院里接吻，光把脸的影子打到荧幕上，和电影里的章能才与沈韶华映在一起，真令人难忘。

我至今都记得那被光温暖的、急速旋舞的灰尘的气味，姚望的气味。

而亲爱的姚望，我多么想在荧光飞舞的尘埃里再吻你一遍。它变成了一个愿望，变成了疲惫生活里唯一的梦想。

毕业后，我跟着姚望去了南京，开始了我们向往很久的生活。我们有过穷得可怜的日子，好多天的晚饭都是泡面加鸡蛋，火腿肠掰成三段，好像那是很了不起的食物。我们也有比较“富庶”的日子，最有钱的时候，姚望花4千元淘了辆破桑塔纳，宣告进入有车一族。“有了桑塔纳，走遍天下都不怕！”

姚望修好了车载CD，载着我上紫金山兜风。我们用炭火炉煮泡面，煮开水冲速溶咖啡，依偎在一条毛毯里等日出。南京的日出美得像把一盏落地灯一点一点旋亮。可是如果你见过吉林的日出，见过零下二十多度冬天的日出，你就不会再说什么了。你看那日出，就像看着神拎着一个打火机慢悠悠地烧冰块。

这是我记忆中关于姚望的最后的一个快乐片段，之后我们就被湮没进无数的琐碎争吵中。

我们知道怎样相爱，却没人教会我们如何生活。

我低估了和一个男人共同生活的难度，并不只是并肩一起看日升日落、清晨的一个微笑、晚安的一个吻。从前我永远在恋爱，连一只碗都没有洗过；现在柴米油盐、工资房租，它们像妖怪一样一点一点吞噬着我们的爱情。姚望总是很疲倦的样子，他没完没了地加班，甚至完成了工作也愿意坐在办公室里发呆；他忘记了很多事情，不记得生日、节日、纪念日，好像人生就只剩下了这些鸡零狗碎。

就好像你曾经喝惯了高浓度的烈酒，他最后偷偷换成了水，还很无赖地说："我只有这个了。你不喝酒会死吗？"

吵架失去理智时，我们会提分手，狼来了太多次没有人当真。可是最后一次谁也没有挽留谁，我们就这样分手了。

我逃回了吉林，开始姚望还会给我打好多电话，道歉，回忆，畅想未来。可是每每他提出重新开始，让我回南京的时候，我就犹豫了，也害怕了。那些在吵架时互相伤害的恶毒话语仍然记忆深刻，我问自己："真的还有勇气重走一遍吗？"渐渐地，姚望的电话少了，我们都开始没入各自的生活。我甚至开始去相亲。

相亲其实是很好的爱情的开始，来的人大多成熟温和，向往婚姻。我比他们还多要一些，我还向往一丁点儿的爱。我遇到了丁毅，这个想法和我一样的男人。我们因着这一丁点儿的爱相处得很好。奇怪的是，你能接受一开始就单薄的爱，却接受不了一份爱由浓转淡。

很多时候我还是会想姚望，甚至觉得遗忘姚望是一件可怕的事。可是想他的滋味并不好受，我像一个做了阑尾切除手术的人，时不时会觉得伤口若有似无地疼，可这种疼又疼得没有着落。

姚望从我的朋友那听说我打算订婚的消息，从南京飞了过来，抱着一大束黄金百合站在我家楼下，花和人都冻僵了。我在窗帘后面看着他，往事一幕幕回转，我哭得快要喘不过气。然后姚望走了。

直到深夜，我接到陌生人的电话。我赶去小饭馆，见到不省人事的姚望，躺在地上，抱着两只空的白酒瓶，表情痛苦地紧闭着眼。我把他安置在酒店，脱了鞋子盖好被子，用热毛巾擦他的脸。我一动不动地看着他。

半夜他醒过来，睁着亮晶晶的眼睛看着我："苏美佳，我带了礼物来看你。"

是一双玻璃丝袜和一件五彩花绸带流苏披肩，和电影里一模一样。

《滚滚红尘》中那两人，围着这件披肩，哼着歌，轻轻拥抱，齐齐迈着醉生梦死的舞步，在楼台之上，朝朝暮暮。一万年太久，他们也懂得只争朝夕。

可是我们呢？

这世间并没有一条重回旧梦的道路，电影里都是骗人的。

我们即使在这房间里跳舞、拥吻，也走不出这个房间。爱情曾一山一水走来，一分一秒等待。那么现在就是一山一水远行，一分一秒失去。我们的爱情，就像八十岁老太太脸上固执的红唇，像我们人生中一切徒劳却怎么也抓不住的东西。

天快亮的时候，我毫无预兆地发烧，姚望陪我去医院挂水，轻轻握着我的手，一动不动地看着我。他说："为什么有人谈恋爱吵一吵就过去了，为什么我们吵架却回不了头？"

我笑了，扯开干裂的嘴唇，有一道小口子，很疼。想起以前生病他跑去找一个盐水瓶装满热水焐在我手里，也想起后来我自己一个人去挂水，枯坐半夜，一个电话都没有等来。偶尔也想过要回到他身边，只是这个念头一起，过往的心碎就像滚雪球一样越来越大。由奢入俭那么艰难，爱情也一样。

天大亮，是个大好的晴天。我还是哭了。姚望看着我，没有再说话，沉默地把我从病床上抱起来，往外走。

“苏美佳，你会后悔吗？”他的下巴贴着我的头顶，这样问我。

我摇了摇头。他继续说：“我很后悔。如果最后一次说分手的时候我对你说出‘我爱你’这三个字，是不是就不会是现在这样？”

“我也会想，那些像剑一样狠狠刺向对方的话我们是怎么说出口的。”

“我以为我们还有很多时间。没想到属于我们的时间，原来并不多。”他把我往上托了托，说，“这条路可能是我们最后一起走的路了，记住它好吗？是冬天，有阳光，雪正在融化，走过这扇玻璃门，门外有一辆出租车在等我们。”

我一直记得姚望说的这条路，这是我对他的最后的记忆，不带一点伤害，温柔得像夕阳里的泡面。

春天快来了吧，梅花山有白梅，鸡鸣寺有樱花，可惜我全看不到了。

·最好的时光·

你要如何原谅时光遗失的过程。

我一生中最快乐的时光都是和张杨一起度过的。那时的快乐就像是啤酒里的泡沫，满满地溢出来，挡都挡不住。可是后来我们竟然分开了，谁想到我们会分开呢？我们分开得那么平静，平静地长大、变老，然后坦然地面对一切曾经能令我们抓狂心碎的事情。

我记得我们分开那天是一年中最冷的一天，在学校旁的小酒馆里聊了很久的天，又喝了好几杯酒，推开玻璃门走出来的时候，马路上只有很淡的日影，照在身上一点儿温度都没有。张杨说：“抱一抱吧，我就要失去你了。”我说不出话来，沉重的脑袋搁在张杨的胸前，他身上淡淡的烟味和酒味，依然令我如此心醉。可是我却要失去他了。

在一个隆冬的午后，南京的上海路，两旁安静的梧桐树，满街的小酒馆、咖啡馆。张杨走后，我坐在树下慢慢地抽完最后一支烟，烟盒上写着：“Smoking is highly addictive，don’t start.”

我想，爱也是一样的。

如果时空不灭的话，2007年盛夏的动车5473上应该还有一个17岁的女孩子，那是她第一次出远门，书包里装了一千元钱和一支牙刷就跑出来了。那个女孩是我——鹿鸣，张杨是我认识了一年的网友，我决定去和他见光死一下。

张杨在南京站等了半天终于把我接到了，白T恤、垮垮的牛仔裤、一顶鸭舌帽，好像1999年的谢霆锋。张杨很有南京人的范儿，老皇城底下的子民，拽拽的，出口就是“老子乐意，关你什么事啊”，特别酷。对了，张杨说了，在南京话中，酷就是摆，不说很酷，要说很摆。

张杨带我去他学校吃饭，他大我五岁，念的是大专，主修汽车维修。正值下课，学校的小餐馆涌进大批穿浅蓝色制服的学生。我对张杨说：“你穿这身衣服肯定特别好看。”

张杨撇了撇嘴：“傻瓜，这身衣服不值钱，都是维修工穿的。”

二十二岁的张杨空有一副好相貌，抗拒那身浅蓝色制服一如抗拒当一个汽车维修工的命运。小餐馆的咖喱蛋包饭味道真好，咖喱浓郁、土豆细腻、芝士香醇，我闷着头一口口吃着。我想对张杨说：“我不介意的，你做什么我都喜欢。”

十七岁，确实是视金钱如粪土的年纪，盲目到即使他送我一把石头我也会像钻石般珍藏着，没有香水就撒点儿花露水，用绒布包着，可以好多年好多年，千秋万代。

张杨知道我是偷跑出来后坚决不允许我在南京过夜，老鹰抓小鸡般把我架到了火车站，帮我买了张动车票。我小心翼翼地说：“张杨，我有钱。”他瞪了我一眼，我立刻示好地笑，“张杨，南京真好，我喜欢这里，赖着不想走。”他得意地笑：“那就用功念书，考个南大给老子瞧瞧。”

张杨那句话我贴在桌角整整一个高三，特别提神醒脑，从此不贪玩了，上课专心了，连那巨难喝的三勒浆都一瓶瓶咕噜咕噜往肚子里倒。张杨在电话里听说了，乐了好半天。

和张杨真正恋爱是在高三下半学期，他开始实习，拒绝了学校的分配，自己找了份销售工作，很忙很辛苦，依然看不到前方是不是有光明。

他没时间来看我，我们只好打电话，打很多很多电话。长途真的很贵，30元的充值卡一会儿就说完了。我知道张杨把吃饭的钱都用来给我打电话了，我心疼他，所以我骗他说现在学校不允许高三学生带手机了，以后我拿公用电话打给你。每天下了夜自修，操场那边的公用电话总是排长队，很多人和我一样，焦急地看着表，埋怨前面那张迟迟不肯放下电话的笑脸。很多时候，轮到我时，手脚都冻得发麻，只有电话的手柄是滚烫的，那是前人留下的温度与甜蜜。那些夜晚都特别美好，每个同龄人都会交换一个心知肚明的微笑，一句晚安可以换一枕好梦。

每次和张杨打完电话，踩着宿舍门禁的时间点跑回去，摸黑洗漱。宿舍的姑娘们有人在偷偷讲电话，有人打手电看小说，有人在认真温书。我借着一点手电筒的光，望着镜子里傻笑的我，心里真的甜蜜得冒泡。

也有要好的朋友劝我，躲在同一个被窝里讲悄悄话："他比我们大五岁呢，如何确定他是真爱？何况他前途并不美好。"

我口口声声："五岁算什么呀。我马上就会去南京，只要我们一起努力，什么都会有的。"

过的第一个情人节，张杨用纸盒装着快递来的一支玫瑰花和一盒阿司匹林。“An aspirin a day, while she is away”是《玻璃之城》里最浪漫的情节，我对张杨说过这是我最喜欢的电影，我还最喜欢韵文说：“你要知道，你不在我身边的时候，我才是最爱你。”

我说的话，张杨都记得。

高三那段人生中最为黯淡艰难的时光，因为有了张杨的陪伴而变得平静温情。但是我却从没有想过，在张杨同样黯淡艰难的时光里，我的存在，到底是一种陪伴还是一种负担。

我的高考成绩最终不是很理想，只上得了南京高校的“2+2国际班”，主修比较文学中的英国文学。拿到录取通知书后，我骗爸妈出去毕业旅行，携了巨款去南京找张杨。

现在回想起来，那段时光静得像默片，又像是住在水底，好安静，天地那么大，只有我们两个人。白天，张杨去上班的时候，我就在他租的小小的屋子里睡觉、上网。我试着给张杨做便当，可差点儿把厨房烧掉，于是张杨每天会给我做好一天的饭菜，放在冰箱里。

张杨不肯用我的钱，所以我们晚上八点半穿着拖鞋出去逛超市，买打折的蔬菜和水果；拿着打印的优惠券吃肯德基；在肯德基广场的楼梯上吹空调，看白衣女孩落寞地为众人表演钢琴。我对张杨说："我感觉很幸福。"他对我说："对不起，鹿鸣，不能给你更好的生活。"

新学期开课了，校区在城南，张杨住在城北，为了见他我常常逃课。张杨教训我："你不应该这样，不应该因为我而把你自己的生活弄得乱糟糟的。"我嬉笑着："张杨，我太爱你了，一日不见你，如隔三秋。"他拿我没有办法。

我大二的时候，张杨辞了工作，和他的一个朋友合伙在大学城开了个小餐馆。我高兴坏了，忙里忙外招呼生意，俨然一副小老板娘的样子。每天天刚亮，我会陪着张杨去菜市场买菜，你一定没有见过天微明时的农贸市场，那是一个鲜艳无比的世界：红色的辣椒、绿色的苦瓜、紫色的茄子、黄色的土豆、黑色的木耳，它们整整齐齐地排着队，等待着被挑选。我和张杨手拉着手东挑西拣，讨价还价，每天都有使不完的劲儿。张杨每周都会给我买花，农贸市场门口的花又便宜又新鲜，我带三支百合回去，养在清水里，丢一粒阿司匹林，可以活很久很久。

张杨赚了钱请我去环境很优雅的地方吃饭，烛光晚餐、玫瑰、美酒、甜点、恋人。我和张杨有些微醺，有些伤感。晕乎乎地走出来的时候，张杨帮我偷了一本我一眼就喜欢上的杂志。那里面有一段话，晚上我枕在张杨的怀里念给他听："春水流入秋水，夏泥化作冬泥。性相近的，在一起；心相知的，要分离。种瓜木的，会结果；种姻缘的，无尽期。天已经黑了，人还不能入睡呢……”

我对张杨说：“我们要好好珍惜彼此。”

离我出国的日子越来越近，我们都回避着这个话题，以为不提就可以当作不存在。张杨很用功，每天都在研究菜谱，翻着花样推陈出新。我望着他忙碌的背影，觉得特别难过，总觉得我就要失去他了。

当时，在洋溢着浓浓春节气息的民生新闻中还掺杂着这样一条新闻：《大学城小餐馆安全堪忧，煤气泄漏酿成火灾》。那天我在市中心逛街，接到同学电话赶回现场的时候，只见到满地狼藉，燃烧物吐着黑烟，粉末漫天飞扬。我坐在地上不停地哭，不停地哭。我想张杨的事业全完了，他该怎么办呢？

去医院看张杨，他因为吸入太多的烟尘而声音沙哑。我坐在床头帮他削苹果。他怔怔地看着窗外看了很久，转过脸对我说：“小鹿，你出国吧，我已经耽误你这么久。我现在什么都没有了，比你大这么多，别人看了笑话。”

我又开始哭，断断续续地说：“张杨，你不要我了吗？”

他目光温柔地看着我：“是的，鹿鸣，我不要你了。”

我出国前和张杨见了最后一面，他走后我在大街上抽完最后一支烟。后来，我去了伦敦，留学生的生活其实像清贫的僧人。我英文不够好，常常听不懂老师在讲什么。伦敦的天总是雾蒙蒙的，我常常觉得饿，论文来不及写，博物馆太多，一件白T恤、一件风衣穿到烂。

我常常想起张杨，会买香水百合养在水里，“An aspirin a day, while he is away”。张杨也会给我写邮件，没有只言片语，只有整理得非常好的菜谱。他总是担心我会饿肚子。

日子久了，想张杨的心也就淡了。只是我觉得我的人生好像被闷住了，我没有开心，也没有不开心；我既不快乐，也不痛苦。

然而有一天，我在学校旁的咖啡店里温书，见到墙上有一句中文留言：你要如何，原谅时光遗失的过程；要如何才能容忍它发生；要如何才能想而不问。

我终于痛痛快快地哭了出来。

·曾少年·

爱情里这样可怕的亡命之徒，她绝不是唯一一人。

雪要在凌晨看，羽毛般从无边的苍穹直直地落进你的眼睛里，覆盖在眼睑上、眉毛上，耳朵里全是松软的声音。这才是真正的，孤单冷清又纯真的雪。这样柔软的身子摔在冷硬的地上，好悲壮。白天的雪是泥泞的，看着心下凄凉。

一整个冬天，唐一朵有很多个黎明可以看到这样阒然的雪。一千多个昏蒙无光的清晨，她几乎要以为会把一生的雪都看尽。还是在永安，灰扑扑的窗帘，每次醒来她都要在窗边呆立一会儿，她只记得那没有止境的隆冬，天边泛起些鱼肚白，拖拉机被冻了一夜，卖水果的男人浇上一大桶热水，轰隆隆的声音就在一团白气中蹿上来，唐一朵背上书包，走出家门。包子和牛奶捂在手里，是晦暗天光里唯一的一点人间烟火。

第一班68路寥寥几个灰扑扑不住下沉的脑袋，车厢暖气匀匀地渗出来，小腿肚子暖得有些疼。唐一朵打了几个巨型哈欠，拿出课本背英语单词。高二了，她仍然是马拉松跑在最前面的，只是第二名咬得她太紧，她常常做可怕的噩梦。

不过今天是星期日，所以她捡来一个期盼。一边背着单词，一边不时看向车门。终于在走过12站以后，那个男生上来了，同样灰色系的校服，套了一件雪白的羽绒服，脸也干净漂亮。他叫叶澜。

整个省锡中的外语班只有他们两人不寄宿，前者的理由纯粹只是贪玩，而唐一朵更加简单，她只是交不起那高昂的寄宿费，所以每天坐最早一班和最晚一班公车。七天中只有一天他们能够相遇，其余六天，叶澜坐他家司机开的黑色凯迪拉克。

“叶澜……”她低低地喊他的名字，他已经向这边看过来，径直走向帮他占的座位，又掏出湿纸巾专心擦拭了一番，于是小心坐下。“班长，走神！”2001年，TVB红透半边天，少年们模仿奶油小生的做派。唐一朵红着耳朵微微一笑，埋头背单词。

1095个日日夜夜里，144个温情脉脉，楚楚动人，在时光里用刀镌上了欢颜。

唐一朵什么也不说。

夏夜的空气里满是啤酒泡沫般轻浮的快乐，城市深夜的娱乐场所有太多他们这些享乐的年轻人，录取通知书也从天南地北涌进这座小城。叶澜和唐一朵被同一所大学录取，这对前者完全是意外之喜，然而对后者，是接近滑铁卢的惨败。

所以在叶澜铺张浪费的谢师宴上，唐一朵怎么也笑不出来。她曾幻想去一个大城市，用几年的时间去蜕变，扔掉身上的自卑、平凡、倔强、不解风情，几年的时间足够让她换掉骨头，脱掉皮囊，她幻想着艳惊四座的那一天。再也没有这样的机会了。因为平淡，因为无趣，他再也看不见她了。

然而此刻在永安镇路灯熹微的老街上，两个少年一前一后地走着，起因还要回到那顿谢师宴以后他们玩真心话，轮到谁谁就要说出对另一个人藏在最心底的评价。少年们都因酒精而具备了盲目的勇气，于是闺密说我觉得你长大了一定是狐狸精；最漂亮的班花说叶澜你最大的优点就是付钱爽快；小跟班同桌说唐一朵你不就成绩好点嘛，何必永远一副心比天高、目中无人的样子。

“对，唐一朵，你就是无趣，硬得像块臭石头。”叶澜说完，闹哄哄的场面就像突然被拉了电闸一样，泛红的眼睛都望着唐一朵缓缓地饮尽杯中的啤酒，在大家都以为她会有什么举动时，她只是静悄悄地退场了，几分钟以后，叶澜清醒了，张皇失措地追了出去。

她知道他一直跟在身后，上了最后一班公车，坐了14站路来到永安镇；她知道他不是口毒的人，只是喝醉了胡言乱语。不过唐一朵高估了自己的承受能力，那句“唐一朵硬得像块臭石头”盘旋在她的脑海里，她愤怒极了，她发誓再也不会为他心地柔软。

所以她恶狠狠地回过头，“浑蛋，你不要再跟着我！”

浑蛋因为醉酒所以晕车，此刻已经抱着电线杆吐得没有了人样，唐一朵到底狠不下心丢下不管。她拖着他进了永安镇唯一的一家旅馆，带着自暴自弃的绝望感，把他扔在那张泛着潮带着霉味的大床上。

“你看看吧，这就是我的生活，贫穷，难以启齿。看到这些你都明白了吗？”眼泪布满她年轻的脸，她觉得好脏。

他们竟然接吻了，叶澜修长的手指紧紧抓着她的肩头，唇齿纠缠，背与斑驳的灰墙贴得严丝合缝，突出的钉子是那样疼。他后来吐在了她身上，一大盘残羹冷炙。

唐一朵走出旅馆的时候，偷走了台子上那张油腻腻的作业纸，那上面木头铅笔登记着他们的名字、身份证号，唐一朵、叶澜。

如果你去过武汉，你会爱上这座大而无当的城市。发生在这里的故事都很美，那么长的一座桥，坐轮渡过江，烟雾缭绕的夜宵吉庆街，高雄路上的酒店，砌满空酒瓶的咖啡馆，武汉的女人大多美而香艳。

直到今日，唐一朵只要闭上眼睛，就仿佛还能看到那个男人站在长江大桥上，大雪如雨，黑夜变成了最明亮的永昼。那个时候她觉得她和叶澜好像可以永远都不分开了。她真是愚蠢。

那是2002年到2005年，唐一朵生命中最混沌不明的三年，神魂颠倒地深爱着一个并不怎么爱她的男人，这是件很自取其辱的事。他们好过，最要好的时候她走路挂在他的手臂上，恨不得嵌进他的身体一样。可是叶澜对她多么诚实：“唐一朵，我也不清楚自己对你是什么感情。和你在一起的时候，我还会爱上别人，可是你离开我以后，我又时常会想到你。”

2006年德国世界杯的时候，他们日日流连在江滩的酒吧里看球，近天亮的时候一群人乌泱泱地走出来，地上满是皱巴巴的彩票。叶澜勾着她的脖子，笑眯眯地问："开不开心？"她说："开心，很开心。"

那年的圣诞他们也是一起过的，要去汉口的教堂看烟火，两个疯子般的人决定把长江大桥走完。那一晚是真的天寒地冻，他们像两根冒着热气的冰棍。圣诞夜武汉的夜景旖旎冷峻，火车在他们脚下响亮地经过，长江婉约，布满了轮船的灯火，远处的黄鹤楼像一个挂在圣诞树上闪亮的铃铛。

走到一半，烟火腾空，照亮了半边夜空。他们在长江大桥上，接了一个世纪般漫长的吻。

叶澜手指抬起她的下巴，神色轻蔑："唐一朵，你凭什么要求我对你和别人不一样？你是家世显赫、学历惊人，还是美艳刺目？据我所知你好像一样都不沾，那你凭什么有那样的要求？"

那失了太久的魂魄、脊梁骨这才回到了躯体。只是好起来哪有那么容易，她那么下贱，把一颗好端端的心弄得那么脏。时间若能像块手工皂该有多好，就能将心上的伤痕、陈情、旧人都轻轻洗去。可惜生命里从不会有如此温柔的时刻，时间是有遗忘的魔力，只是它粗暴，用刀一块块剔去。太深的，连骨头都不放过。你想新生，就要有这样暴力的勇气，否则不要轻举妄动。

2007年6月28日，宜出行、嫁娶，余事勿取；忌动土、移徙。

风和日丽，叶澜在飞往英国曼彻斯特的飞机上。被他留在身后的武汉地铁动工，变得支离破碎。发奋读书的唐一朵本专业保研。整整半年，她都回避所有会反光的物体，害怕见到那张冷漠愁苦的脸。深夜华灯初上，她远远望着工地上渔火般的黄灯，渐渐觉得人的成熟与巨变，同在一座城市嵌入一条地铁线是一样的。是把自己撕开，放入那些坚硬的，像钢筋水泥，像一把黑伞一样骨节有力的东西，而后，心中会迎来一个新世界。

而唐一朵，终究逃不出叶澜的梦魇。她否认舍弃了所有的爱，她宣誓般百般强调她只是不甘愿如此被像丢垃圾一样丢掉。她只是不服气。她要他看见她、骄傲自尊的她。而有的时候，当一个人开始不择手段地去追求一个目标的时候，她想要的往往也就和输赢无关了。也许连她自己都不知道自己要什么。

2008年同样一个风和日丽的天气，唐一朵站在了偌大的校园里，为期一年的交换生，主修市场营销。那年岁末的留学生年夜饭，黑发如缎，腰身细细的唐一朵真像一颗钉子扎进人的眼睛。叶澜不自觉地眨了几下眼睛。

“听好几个老同学说你也来曼大了，我都不信，这么久都没碰到。”叶澜身上泛着香槟的香气。

“好久不见，Ian。”唐一朵低头看了眼脚上的高跟鞋，仰脸已捻来一个谙熟的微笑。Ian是叶澜的英文名。她不喊他叶澜，于是他只好问：“该怎么称呼你？”

“Fiona，Fiona Tang。”

那晚她睡在叶澜和女友合租的小公寓里，女友家里临时有事，回国两周。事后，唐一朵躺在床上，痴痴地望着床头摆的刺目欢颜，“谈了快两年了吧，喜欢她什么呢？”

叶澜认真地想了想，说：“最喜欢她漂亮，爱骂脏话。”

她惨淡地笑了笑，漠然抽完手里的烟。叶澜从身后拥抱她，漂亮的脸深埋在她的颈窝里，“好想你……”

唐一朵第二天六点的飞机回国。

攒了多年的炭一朝烧尽，爱情里这样可怕的亡命之徒，唐一朵绝不是唯一一人。

三千人的行业峰会上，遇到一个旧爱的概率是多少？真的不高吧，所以我们才会以为是天意，其实老天爷常常打瞌睡。

三年后的唐一朵在上海如愿漂白，久光百货的时装，瘦得像只仙鹤。只是感情课仍然在及格线上挣扎，她安慰自己：手上挽个甜蜜情人带来的快感和满足同一只路易威登手袋带来的是一样的。

可是在北京温暖如春的酒店宴会厅瞥见那张变成灰都忘不了的脸时，她是又感激又悲哀，真的是逃不过。

叶澜定居北京，开了设计公司。叶澜尽地主之谊请她晚餐，在后海喝一杯。说些什么好呢，“好久不见”四个字滚了出来。前尘往事都该硬化成石头了，怎么你还能撞得额角鲜血？

他打了辆出租车带她游北京的车河，从五环外的怀柔到长安街，下车的时候车费贵得令人咂舌，整整三千元。古有周幽王烽火戏诸侯，唐一朵如意地笑了，瘦嶙嶙的手腕上褪下一只表：“喏，去当了换车钱。”

叶澜哑口失笑。

他们断不了，叶澜去武汉出差，一个电话过去说“想你”，唐一朵又失了神智。一整天做什么都错得离谱，搭了最晚一班上海去武汉的火车过去，武昌下了车赶往汉口的高雄路。整段路程她的心都慌得要从口中吐出来，可是一踏进房间，闻到他身上熟悉的气味，她又定了下来。

他们也适合聊天，工作、生活和情感，半句话出口，对方就已了然于心。这就是旧情人的好处了吧，就像老情歌，沧海桑田，换来一个最了解你的人。他也说起他新近的女朋友，眉毛微皱，“心气太高，又多疑，比你当年还神经质。”

他灭掉手中的烟，对唐一朵招了招手：“宝贝，你过来。”她顺从地在他身边躺下，变成了柔软的泥，又在快乐和痛苦中重塑起来。

心是那么痛，这么多年了，你脱胎换骨，他还是不够爱你。

次日醒来，床头放着八张粉红色的路费钱，唐一朵漠然地收进大衣口袋。出租车经过长江大桥的时候，她摇下了车窗，几张纸飞快地滑了出去。她流了几滴眼泪，这曾令她觉得最快乐的地方。

我们不能低估一个女人对“重温旧梦”这四个字的痴迷与幻想，在武汉与叶澜为数不多的几次会面，总令唐一朵陷入到一种软弱无助的境地，令她想起少女时代隆冬的早晨，苍穹落下的雪，漆黑公车里幽微的暖气。这成了她一生都无法摆脱掉的东西。

世界末日的谣言纷纷扬扬，12月21日那天他们在酒店。唐一朵望着窗外阴沉的天，幽幽地说：“真是地球的最后一天的话，我们可就一起死了。”

叶澜挑了挑眉：“你们女人哪……”

她也笑了，自然没有再接下文。她默默地喝完手里的可乐，吐出一句连她自己都吓一跳的话。她说："叶澜，不如你跟我求次婚吧。"

他愣了愣，到底没有忍心拒绝她。她要一个场景，一个回忆，给她就是了。给你一场戏，这样的慈悲他有很多。他言笑晏晏："Marry me。"

她只是笑，眼角眉梢全是笑意，舌头像被猫叼走了，说不出一句话。

我愿意。我愿意。

只是一个易拉环而已，但确是一个绮丽的漫长的美梦。美好青春，佐以下酒。

第二天醒过来，房间里昏暗无比，四周空荡荡的。有人在她身上搭了条毛毯，一点微光从窗帘里透出来，叶澜早已走了。唐一朵觉得她像独自睡在舞台中央，又睡在孤岛之上，长夜当哭，她终于不出声地，哭了起来。

哪有什么末日，世界还好端端的，而她内心的那个世界是彻彻底底完了。

关于叶澜最后一个画面是在一个寻常午后，他陪她喝了杯咖啡，手指碰一下她的眼角，讲着电话走了。唐一朵在原处坐了很久，老人和狗晒着太阳，阳光笼着拆毁的旧楼，迷蒙又晃眼，好像前尘往事一般渺茫。门檐下，猫在睡觉，一个乞丐走过，嚼着垃圾桶里的残羹冷炙。

唐一朵痴痴地看着，好像那就是她和叶澜的爱情，陈旧了，过期了，变冷变硬，扯得喉咙又苦又涩。

离开的时候她在斜坡上狠狠地摔了一跤，这才不再麻木，失控地掩面大哭。有十分钟吧，不少人看她，但没有人去扶她一把。人们来来去去，看着这个在寒天凄厉哭泣的女人。没人感受得到她的哀恸。

有人想，真好啊，还能这样子哭。能哭就到不了绝境。

Chapter
4

I miss you

你要如何，原谅时光遗失的过程；

要如何才能容忍它发生；

要如何才能想而不问。

· 再见，少年 ·

我们没有恩仇，泯的都是过往岁月。

一年一度的高中同学聚会，秦已棠没有出现，这让我有些黯然。

应该还是生活在同一座城市，但是他没有音讯了好一阵儿，微博和朋友圈停止更新了好久，原来的手机号码还打得通，只是我和小秦早已不是可以随便打电话的关系了。

小秦是我的初恋。

而我对小秦的情感跨度，从暗恋到朋友，再到恋人，接近十年，几乎横跨了整个少年时代。小秦对我的影响太深了，以至于我们分手了好几年，我每次新交一个男朋友，总是不自觉地拿他和小秦对比。

小秦是什么样的呢？就是那种少年时代就很辉煌的人，有一副好皮囊，又会百般武艺，无论老师还是同学都簇拥着他，十几岁的小秦在那个时候就体会到他的黄金时代，而后来很漫长的人生，他都是以同样的方式去延续这个时代。

那个时候的小秦，坐在我的前桌，头发剪得短短的，在照进教室的阳光下，脑袋是一个毛茸茸的轮廓。他传试卷的时候总是懒得回头，把卷子举得高高的，然后哗地一松手，全砸中正奋笔疾书的我。小秦是好学生，但是很懒，听课从来不做笔记，老师要收上去检查时，他才临时抱佛脚，把我的抢过去，埋头狂抄。一边抄还一边嘲笑我，“顾舟你上课的注意力都用来抄老师板书了吧，笔记做得五颜六色的，考试分数怎么还这么低。”

不过嘲笑归嘲笑，小秦去南禅寺买文具和练习册的时候，总是帮我带好多花花绿绿的彩色笔。

小秦还爱嘲笑我的身高，我是高二（2）班唯一一个坐在后排的女生，小秦有的时候嘴贱，“顾舟，你以后再这么蹿个子，会不会找不到男朋友？”

我说：“你给我滚。”

日子就这么一天天在和小秦的插科打诨中过去，给小秦整理过书桌，打球时买过冷饮，用玻璃绳编过手环，互相模仿家长签字……

对小秦的暗恋也从没有被人发觉，我像一只松鼠，傻乎乎地守着冬天里的最后一颗橡果，偷偷地幸福着。

直到高考完，大家一起吃散伙饭，在KTV的包厢里，不知道谁提议的，男生们都站成一排，闭上眼睛，而我们女生可以上前拥抱喜欢的人。怎么形容当时的感觉呢，就是一颗心怦怦怦地跳，按都按不住，好像快要跳到嗓子口。在第四个女生拥抱过小秦以后，我鼓起勇气跟在后面，也张开双臂，轻轻地拥抱我的小秦。

而小秦，他凑在我的耳边说：“顾舟，谢谢你喜欢我。”

那个夏天朴树变得很红，到处能听到他唱的《那些花儿》，而那个夏天结束的时候，我们也确实像歌里唱的那样，散落在天涯。

我在南京，而小秦在上海。

我一直在想我该如何回忆起我和小秦的这些过往，像一个作者，在大雨滂沱的夏日夜晚，等待一个小说的开头。我发愁地想着，然后饭店包厢的门打开了，一年多不见的小秦姗姗来迟。

新的衣服，新的发型，新的香水味，还有和从前一样漂亮的眉毛和眼睛。崭新的小秦让我想起大学时第一次坐火车去上海时，看到的那个同样崭新的小秦。

小秦后来为什么会和我在一起我有些说不清原因，可能是上大学以后我变漂亮了一些，可能是我和小秦最合拍，他心里的想法我都明白，又或者，只是因为在那么多喜欢小秦的人中，我是喜欢他最久的人，看过他所有的好时候。小秦和我在一起最舒服，也最安全。

我跟小秦最要好的时候，每周末我们都要结伴去一个咖啡馆，南京的或是上海的。窗外是春、夏、秋、冬四季的变换，而屋内的我们在那个美好的小空间里腻着，你亲我一下，我亲你一下，像两条只会接吻的鱼。有一阵儿，小秦迷上了吉他，总是随身带着，练习许巍的歌。许巍也是那种不管多老，永远像少年人。许巍有一首《少年》，后来听起总是让我潸然：世界已过去多少年，如今的你们在哪里，经历着什么样的故事，什么样的幸福伤痛。我依然看到那些少年，站在九月新学期操场，仰望着天空清澈的眼神，想着无限的未来……

时隔多年，我再见到小秦，那首歌的旋律，还有他当初不甚流畅的吉他声，像被自动按下了开关，在我的耳边轻轻地回荡起来，以至于我没有听到小秦对我说的第一句话。我站起来，有些茫然地看着小秦。

小秦说："顾舟，好久不见。"

小秦，我们真的好久不见。

小秦，你还记不记得，从前你爱我的时候，在六月连绵的雨天，跑了好几条街，去买我喜欢的茉莉花。小小的一把，用麻绳扎在牛皮纸里，从上海带到南京来送给我。我在车站等你的那个下午，在我的记忆中，也因而沾染上了茉莉的清香。

后来没过多久，我和小秦就分手了，我一直以为分手的原因是因为小秦要去日本读研究生。就像结伴同行了一阵的旅行者最后分道扬镳，在爱情里，道不同的人，最后也是不相为谋的。过了好几年，我才想明白，我和小秦为什么会分手，因为我们不是同类人。我是一个务实的女人，想要安稳的生活，有安全感的收入和不生变故的家庭。而小秦，就像是一个少年后遗症患者，永远有不合时宜的天真、热情和自负。

我和小秦，终究桥归桥、路归路，绝交了一年多，一直到2012年，才重新回到了朋友的位置上。

2012年，小秦还在日本的时候，我去看过他一次，到的时候快深夜了，他来接我，在新宿车站给我买了一束花。那个时候我第一次知道竟然还有鲜花自动售卖机这样的东西，大惊小怪地赞叹了好一会儿。小秦摸摸我的脑袋，心无芥蒂地笑起来。

我在日本逗留了三天，他送我走，在机场抱了抱我，对我说："保重啊，顾舟。"就那一瞬间，我好像就原谅了所有：漫长的岁月，对小秦的爱恋，失去后的绝望，还有越来越沉堕生活的我。

在小秦的那一声保重中，我原谅了一切。

我回国后不久，听说小秦恋爱了，是在地震时从学校走回救助站的路上认识的华裔女孩，在初识就经历患难，是一个很好的开端。我听着，心里有失落，但也知道那种失落，在比起刚刚失去小秦的时候，轻微得多。

只是小秦还是常常让我有舍不得一个人的感觉。他在我心里，永远是那个十八岁的少年，而那个年纪，是最短暂的花朵，也是最长久的琥珀。

2013年，小秦回到家乡，折腾了很久，在一个市口并不好，但幽静的地方开了一家咖啡馆。开业以后邀请我去，小秦的咖啡馆叫"时光仓库"，那个时候的他壮志雄心，还要开时光仓库的餐厅、时光仓库的民宿……关于时光的一切，你看小秦，他永远有少年的心，像黄金一样，像星星一样。我们坐在小秦的咖啡馆里，喝了好几杯咖啡，又喝了一点儿酒，仰头看到头顶是梵·高的星空，一个人要有多热爱自由、多么少年，才会在接近而立之年，在自己的头顶悬一片星空。

我望着小秦的眼眶，热泪盈盈。如果时光能够倒流，我还是当年那个义气温柔的女孩，迷恋他喝酒吹牛的样子，那该有多好。可是属于我和小秦的美好时光，永远地过去了。

后来我们还生活在同一座城市，有共同的朋友，偶尔有联络，不算失散。比起那些相忘的怨侣，幸运得多。只是我知道，我们再也没有在心底真正重逢。我所拥有的，只是他的过去。

小秦的咖啡馆开了将近一年，维持不下去，最后转手卖掉了。不过他在那一年学了好多手艺，于是在恢复自由之后，他走上了一条更自由的道路，开始满世界乱跑。

我们很久没有见面，直到同学会快散场时，他终于出现。与我喝了几杯酒，好像一笑泯恩仇。我们没有恩仇，泯的都是过往岁月。

小秦跟我讲他三十岁生日，一个人在北极看极光，感到天地辽阔，也感到一些孤独。我们坐在饭店外面的石阶上，一上一下，和小秦距离一个台阶。

我说："小秦，你幸福吗？快乐吗？"

小秦说："那当然啦。"他回答得毫不犹豫。

再见小秦，令我内心满足，我还爱小秦吗？大抵是不爱了，我眷恋我们的过去。而我要承认的是，在过去的岁月中，真正藏于我心间的人，也只有小秦一个。

深夜了，小秦和我告别，从几层石阶上敏捷地跳下去，拍了拍牛仔裤上的尘土，轻松地走了。我望着小秦的背影，心里的一些声响渐渐消音。像茶盖轻阖上盖碗，那么温柔又圆满。

如果年岁是一条河的话，那么小秦，大概就是那个不肯过江东的少年英雄吧。

再见，小秦。

·莫失莫忘·

我在等一个大事件，把我带回你身边。

若干年以后，如果有人回忆起2013年的春天，他也许可以这样开头：那一年，广州连续下了49天的雨；北京空气里的雾霾飘了32天；有人在南京的酒吧包场看新闻联播里的第一夫人；香港汇集了200万只纸鹤纪念哥哥；H7N9禽流感渐渐带来非典式的恐慌，也许恋人接吻都要戴着口罩。

但是对我来说，2013年的春天只发生了一件重要的事。就是我终于开了一间酒吧，他可以永远永远在里面唱他爱的李宗盛，喝他爱的伏特加，遥望他爱的女孩。可是我爱的男人，他离开了我。

我和姜东缱绻了十年，这十年中，无论骂多脏的话，打多狠的架，喝多烂的酒，撒多难堪的泼，甚至这中间有几年我们负气让彼此打探不到任何一点儿自己的消息，我仍然有一种很强烈的感觉，就是我们完不了，还得回到彼此身边，被爱情折磨，像两只灰扑扑的老鼠被命运这只大白猫玩弄于股掌。

可是这次不一样，当他在亮得发白的阳光里跟我挥挥手说再见的时候，我心里咯噔一下，好像有什么东西终于被剪断了，可它要回来的路很长很长，所以痛感在很久以后才降临。

那天我盛装打扮，穿了一条探戈红的裙子，我以为我们会重修旧好。因为这2013年的春天和十年前的春天太相似了，都是和平年代里的一点兵荒马乱的岁月。人在这样的年月里，才会突然敬畏神灵，变得天使般宽容善良，只念旧情，不计前嫌。

不过也是有一些预兆的，比如我今天早晨急急忙忙走过天桥的时候，被那个半瞎的算命老头拉住，他故弄玄虚地说：“你命犯寡妇年，今年你和你男朋友还是结不了婚，你把我的桃花引服下，可化解。”

我想，如果花这几百元，结局是不是可以不一样？

村上春树书里有一句话我一直记得，他说：“时间是无法往后退的，如果过去的那个时候有什么差错的话，就会以错误的样子凝固下来。”所以我一直在想，如果十年前的那个午后，我没有从放顾长卫《立春》的观影课上逃出来，我没有见到伸长手脚在学院门口石梯上抽烟的姜东，又或者我当时的男朋友张远没有把他介绍给我认识的话，那么这十年是不是就会变得短而快乐呢？像江南每一年的春天，短而明媚，是最好的时光。

他对我说的第一句话是：“很没意思的片子对不对？一辈子想着生命里没有的东西，人该多痛苦啊。”他看了我一眼，递给我一支烟，“抽不？”

我坐下来，接了过来。于是，穿着白T恤、黑裤子的姜东，和穿着背带裤、剪着蘑菇头的我坐在共有47级的石梯上迎风抽烟。那是2003年，文艺青年是个非常吃香的群体。总有人要为文艺女青年递上第一支烟的。递给我的那个人是姜东。

后来下课了，张远走出来看到我们，大惊小怪地说：“嘿，你们怎么抽上了啊？杜尚，这就是我要介绍给你认识的学长，特牛，我就是要到他的乐队里去打架子鼓。”

我可以确定，在张远出现以前的那几支烟的时间里，有一些挺美好的东西在滋生，可是当他出现时，它们就乖巧地熄灭了。我和姜东对看一眼，目光里流露出某种遗憾。

我一直认为姜东对我一见钟情，后来他也对我非常好。可是一直到几年以后，他才告诉我，那个时候他会对我好，单纯地只是想跟我上床；他对我第一眼移不开眼睛，只因为我长得像他的初恋女友。

后来他连骗都不愿意骗我，总对我说实话。我受不了他这样。

香奈儿说：“在爱情里，女人都是顺从的婊子。”我在姜东面前太早地脱下我的衣服，令他看轻我。所以以后的很长一段时间，我所有的努力都是把我在他面前脱掉的衣服一件件穿回去。

终于我可以站在同一个高度与他对视，我对他的爱，渐渐有了尊严。

姜东的乐队在过年那一阵儿赚了不少钱，于是我们一群人得以挥霍着去新疆的阿勒泰旅游。那是2003年，还没有一个叫李娟的人散文写得那么好，让阿勒泰成为文艺青年心中又一个神往的地方。那一年的阿勒泰非常宁静，我们从布尔津包车去看五彩滩，高山逶迤，草原辽阔，额尔齐斯河闪烁着宝石一样的光泽。一路姜东都显得有些沉默，抱着两只手在胸口，像一只灰鸽子，疲倦地垂着眼睛打量着周围的一切。

我们旅行的最后一站是额尔古纳市的室韦，一个俄罗斯民族乡，充满了异国情调。整个小镇绿草如茵，繁花似锦，隔着一条河就能看到俄罗斯小镇奥洛奇。傍晚的时候，静静的界河，宁静的小镇，殷红的晚霞笼罩着山冈，姜东坐在这样的风景里，背影显得孤单而忧伤。他轻轻哼起了民歌《三套车》。

后来我知道，姜东的那个初恋女友就在俄罗斯，姜东没有钱，也放不下尊严去看她，所以他在一个离俄罗斯最近的中国小镇上，像一头牛反刍草料一样，艰难又愉悦地反刍着他的思念，并把这种思念美妙地展示给我，令我无可避免地爱上他。

我的爱情开始得很美，因为就在那一天"非典"爆发了，整个国家的人心惶惶和我内心的人仰马翻相映衬，为我的爱情染上了壮丽的色彩。那天晚上我发起了高烧，不幸的是，我的男朋友张远和乐队的其他人把我丢在镇上，连夜离开了。

我昏昏沉沉醒过来只见到姜东，我也只想见到他。我问他："你不怕吗？"

他用滚烫的热水冲了两包板蓝根，我们像壮士诀别饮酒般一口把药干了。"活不活得成就看老天了。"

疫情越来越严重，尤其是北京，听说已经成了一座空城，能逃的都逃走了。我和姜东滞留在室韦半个月，每天晒大太阳杀毒，饭点结伴去那家可以上网的餐馆吃饭，看新闻。

四月的那个黄昏，我缓缓地跟在姜东身后，走着走着就突然蹲在地上大哭，这么多天的恐惧、失望、愤怒，还有内心的挣扎，突然爆发了出来。

姜东说他回过身看到我在地上哭得像个孩子，他突然觉得他对我有责任，他不应该在我深深爱上他以后对我不闻不问。所以他蹲下身，拍了拍我的头，说："没事，很快就会过去的。"

我紧紧地拽住了他的手。

2003年，因为那场看似声势浩大的"非典"，我勇敢地、孤立无援地扑进了姜东的怀里，可能也是因为这些，姜东接纳了我。不知道为什么，我回忆起这十年，只有这一年发生的事情历历在目。这一年，就像是2005年我们目睹的一场车祸，一辆货车把一只猫顷刻间轧成了一张猫皮，连最后一声尖叫都只有半截声音。2003年就是这张皮，把所有的血、骨头、内脏都藏在了里面，太阳曝晒，它很快就又干又坚硬。结结实实地水泥般横亘在我的记忆里。

这之后的几年，我们的爱情成长得还算好，虽然不少次被砸在地上，但很快都会有人先弯下身子把它捡起来抱在怀里。但那几年，我的脾气越来越糟糕，极爱喝酒。姜东说我喝酒的样子完全不像一个女人，好像武林豪杰乔峰，可惜他不是段誉，没有少泽剑醒酒，所以退避三舍。他静静地看着我举起一瓶红酒和对方吹瓶，我喝醉后很任性，打人、骂脏话、绝情地说分手，这些都是家常便饭。唯一一件事我不会做，喝得再醉我都不会做。那就是我决不会问姜东爱不爱我。

爱不爱我。我知道答案。

姜东收拾残局一样收拾着我，当我清醒一点时会皱着眉和我说话，他说："杜尚，如果我让你这么不快乐的话，我们还在一起干什么呢？"我说："我乐意，不要你管。"

我用绵长的痛苦去换取一些快乐时光，那些快乐就是我的吗啡。比如我在一个阳光灿烂的午后开着地上的音响帮姜东拖地板，窗帘上的花纹印在他的背上，我俯下身轻轻地吻他，他对我笑；比如在我们住的屋子的空旷天台上，姜东接了根水管帮我洗头，伊卡璐揉搓出来的泡沫芬芳又五光十色。我们前后拥抱着坐着，裹一条灰蓝格子的毛毯，看北京深秋难得蓝得滴出水的天空，偶尔有鸽子飞过。

姜东也对我说过温暖情话："如果早几年遇见，那么我带去旧酒吧，听过时的歌，喝廉价酒的女孩就会是你。"

是啊，我们一生绝不会只爱一个人，只不过在特定时期遇到的那一个，你总觉得那像是天意，你得多爱他一些，爱得久一些、真诚一些。比如姜东之于我。

如果早些遇见，我会穿白裙子去赴他的约，轻轻哼着《爱的代价》，我喝第一口他递给我的酒，看他在烟雾里皱起的眉。我是很容易满足的人，那个人给我一颗糖，我就舍不得吞掉，一直含在嘴里，时刻回味出一丝甜。可是它把我的牙齿全都蛀坏了，像农夫和蛇的故事。

2007年吵架又和好的姜东陪我上文学院的大课，古汉语的老师在讲台上讲《世说新语》，有一节说：“太上忘情，最下不及情。情之所钟，正在我辈。”姜东脸埋在手臂里睡觉，我看着他，想到2005年的那张猫皮，内心凄楚。

我们最严重的一次分手是因为我的嫉妒心。每年的公历、农历两个生日，姜东都会雷打不动地寄去两份贵重礼物，他甚至带我去挑礼物，在香奈儿的专柜用我的脸试粉饼的色号，用我的唇试口红的颜色。虽然同样的东西他也会买一份送给我，可我依然觉得很屈辱。

我的嫉妒心突然在那天黄昏发作，我在客厅里，面对站在窗户下背对着我抽烟的姜东，不停地逼问他：“你爱不爱我？爱不爱我？”

夕阳以一个跳水的姿势在厚云层里消失得干净漂亮。姜东转过身，皱着眉说：“杜尚，抱歉，当初我真的只是想和你上床。”

我把自己关在厕所里很久很久，那个陈旧的厕所，碎瓷砖的地面，水箱里的水滴滴答答，最后一点余光透过花哨的窗纸透进来，我把冷水撩到脸上不停地洗掉眼泪，抬起头在裂了一条缝的镜子里看到那微弱的夕阳，怎么也打捞不起来了。我一直耸着的肩膀、提着的脊梁，突然都放软了。

姜东第三次来敲门我就出去了，我提着行李往外走，姜东亦步亦趋地跟在身后。我不知道我当时在想什么，我只记得我转过头对着姜东笑，我说：“姜东，你看看我的背影，像不像一条狗。”

姜东的脚步就停了。

毕业后我离开了北京，在南京找到一份不错的工作。起初我还会小心去打探姜东的消息，知道他还在北京漂着，还玩着乐队唱着歌。离开姜东的这几年，我的生活乏善可陈，只能以大事标志时间的流逝，奥运过去了，地震过去了，动车相撞了。我养了一条狗，取名叫姜东。我抱着我的姜东，每天下班看着新闻联播，我在等一个大事件，把我带回姜东的身边。

五年后，我再见到姜东，混在一大群旧日朋友中。姜东在一个不大不小、不新不旧的酒吧举行一场个人演唱会。到场的有粉丝，有兄弟，还有我这种神色寥落的旧日恋人，我和她们的脸隐没在长发里，隐没在二楼安全的夜色里。

但姜东唱歌的时候我还是哭了，他唱李宗盛写的："我终于失去了你，在拥挤的人群中；我终于失去了你，当我的人生第一次感到光荣。"我不知道在那一刻，他会不会想起我，他的眼无意识地向上望，瞥过我的角落，我往黑暗里又躲了躲。长岛冰茶的玻璃杯上印上了我桃红色的口红印，我放下杯子从侧门离开。我在外面透气，粗糙冷硬的水泥墙刺痛着我的后背。我没有想到我这样难过，就像我也没有想过，我对姜东仍然有那么深的感情。

过了两天我才去找姜东，他仍然住在原来的地方，看到我也不惊讶，若无其事地招呼我，好像我们不是五年未见，好像昨天我们才拥抱过说过晚安。他说："杜尚，要去放风筝吗？有人送了我一只画得很漂亮的风筝。"

于是我们开车去郊外放风筝，我的手伸出去捕捉温暖的风。姜东隔着墨镜看我："杜尚，你过得还好吧？"

我说："挺好的，你呢？"

他说："我也是。"

四月末算是暮春了吧，花快开完了，柳条也老了，天很蓝很高，风筝也飞得很远，空气中散着糖炒栗子和烤红薯的味道。

姜东在这样的阳光里闭了闭眼睛，他说：“杜尚，过几天我就去香港了。想去那里找找机会。”

我愣了愣，立刻说：“挺好的啊，那祝你一路顺风。”

说完，我就觉得刚才柔软的阳光突然就变成了白铁，压得我喘不过气。我还没有来得及告诉姜东我在南京的上海路盘了个小酒吧，以后他可以永远在里面唱歌。那个酒吧建在一个小矮坡上，门口有一大片空地可以种上很多花花草草。我都收拾干净了，我还搭了一顶太阳伞，我们可以喝茶聊天晒太阳……

可是这些在他要离开的时候是多么不合时宜。同我探戈红的裙子一样不合时宜。我什么话都说不出来了。

姜东对我说的最后一句话是什么呢？很久以后我回忆起来。他说：“杜尚，找个人结婚吧，打打闹闹生一个孩子。过一个庸俗的人生。庸俗很没劲，可是庸俗很暖和，很令人安心。不要像我这样太不实际，总想着生命中没有的东西。”

那天晚上我连夜回了南京，打开房门就开始睡觉。我总是用睡眠来对付难过的时刻，一直到半夜醒来，我才觉得一切都可以接受了，我可以继续生活。我下床去厨房为自己弄点吃的。然后，我才发现，我的狗，那只叫姜东的狗，失踪了。

我在这辽阔的夜色里兜兜转转找我的狗，其实我知道我不可能再找到它了，可我还是固执地找了它很久很久，最后精疲力竭，我只能蹒跚地走回去。

上楼前，我在阒然无声的院子里又喊了一声“姜东、姜东”。这个名字响在晨光苍茫的2013年，也像响在暮色四合的2003年，透着说不出的悲怆。

我想起我学过的一句诗：“修到人间才子妇，不辞清瘦似梅花。”

·大寒尚有蝉·

我还像从前，有钱了一定对他好，没钱时拼命给他爱。

古诗里有一句“宝马雕车香满路”，用来形容我们艺校后山上的一条坡路再贴切不过，每到周末，我们提着洗澡篮子，顶着一头湿漉漉的头发走回宿舍的时候，望着山上下来的那一团袅袅的锦绣香烟，最初啧啧称奇，后来无限感慨。怎么让年轻女孩放弃依靠男人得到一切，好像除了被命运反复羞辱，也别无他法。

我们是指我、小赖和绣花，再没有比我们学艺术的更懂人情世故的莘莘学子了，大二才过半个学期，宿舍已空了一半，年轻的人儿，不是削尖了脑袋出去接活赚钱，就是赶趟儿地跑饭局混脸熟。

我们三个属于中规中矩、不求上进的类型，大部分的课余时间混在衡山路的酒吧，顺道给老板当当酒托。我们术业有专攻：小赖属于宅男女神，我是大叔控，至于绣花，她不来赚钱，土豪绣花爱在这些场合里找男朋友，瞄上谁就去找谁喝酒，我们拦都拦不住。

绣花最近有位追求者，现身时身边总是一群90后前呼后拥。见到陈飞白我才恍悟，事业有成者各种嗜好，有人爱奢侈品，有人买房，有人泡小明星，陈飞白的爱好是和年轻人泡在一起，他们流行什么、追捧什么，他都感兴趣，也慷慨大方，出差回来礼物总是人手一份。其中总有一份是最贵最好的，送给绣花。绣花不领情，全扔给我，我转手八折卖掉，又挣了一大笔不义之财。深夜在宿舍打开一把粉红大扇哗哗哗地数，绣花赖在我床上看美剧，笑着问我："有钱这么开心？"

"有钱还不开心？"

不开心的是陈飞白，他吃了绣花的瘪，怏怏不乐地来学校找我吃小龙虾。点了也不吃，坐在我对面埋头喝酒，我吃得满嘴辣油，没人说话实在太尴尬，我叹了口气：“你和绣花不合适。她不像我对钱放绿光，她就喜欢帅哥。”

“我不帅吗？”

“你是帅哥迟暮，夕阳红。”我吃饱心满意足地打了个饱嗝，惦记起我的小生意，“你最近还出国吧，帮我带几只LV回来，logo越多越好卖。”

陈飞白摇摇晃晃地站起来，眯起眼睛：“孔真，你也是那种很爱钱的人吗？”

他的脸显出我习以为常的轻蔑，我说：“对，我爱钱，钱的好处太多。”

比如你追求一个比你小十多岁的美女，不会有人说你癞蛤蟆想吃天鹅肉；如果我有钱，我爱上一个富二代，就不会有人说我是为了他的钱。

这些，伸手拦了出租车就走的陈飞白不会知道。

半个月后，陈飞白从美国回来，如约帮我带了三只包，还有我们的礼物，绣花和小赖是香水，我是一个Hello Kitty的计算机，从他包里拿出来的时候所有人都笑了，我给了他一个硕大的白眼。

托陈飞白的福，我前后倒卖了数十只包，捞到了人生中的第一桶金，刚好够给那谁买条H开头的皮带。那谁是我的前男友，人人都说我是为了他的钱，说多了我也分不清到底是因为钱还是因为那些快乐。后来我们分手，柔情蜜意好像还在眼前，转眼我却成了他最厌恶的人，老死不相往来。我手脚比他慢，不出一星期，他车里已经坐了一个新姑娘。那谁之后，我见惯男生朝秦暮楚、暗度陈仓，也渐渐心灰。可是我唯一没忘的是，我对那谁说过只要我有钱，我一定对他好。算知遇之恩吧，那么汹涌的人潮，他把灰扑扑的我挑了出来，给我穿了阵儿水晶鞋。

我打听到那谁过生日的包厢，让服务员把礼物拿进去，我在门口等了一会儿，那谁也没有出来。我长长吁了一口气，浑身轻松，哼着曲儿慢慢往学校走，眼睛湿了，说不难过是假的，但就要对自己有这样一个告别的仪式，把退路都堵得死死的，我们才能只往前走，再不回头看。

没想到陈飞白在宿舍楼下等我，冷着脸，我把柜台的VIP卡还给他，他瞟我一眼："全花了？"

"赚钱可不就是用来花的？"

"败家女。"

"这叫千金散尽还复来。"我分一片菠萝给他，懒洋洋地在花坛边坐下，踢了高跟鞋吃起来，他从车里出来，挡在我面前，路灯把他的影子投射在我身上，我突然就脆弱了，眼泪吧嗒吧嗒地掉。

他说："傻丫头。"

我回嘴："你不傻，你不傻能三十好几还是光棍。"

"我那是拣尽寒枝不肯栖。"

被我"呸"了一声的陈飞白在一周后彻底放下了绣花，起因是不知道哪个傻缺的00后提议让他去《非诚勿扰》泡妞，这下忙坏了我们一众亲友团，为了那VCR里的几十秒好友印象，苦练发音、表演。还好科班出身，绣花、小赖和我把陈飞白的门面撑得足足的。

我们在KTV拿了个大包厢，一大群人闹哄哄地坐在一起看陈飞白出场的那期，电视里的他一身改良过的中山装，温和儒雅，给人一种非常奇妙的感觉。而他本人淡然地坐在我们身边，小口啜着酒，孑然一身，没有带回一个姑娘。主要责任还在我们亲友团，本想欲扬先抑的，没想到最后被编导剪得面目全非，尤其是我说的那段，前言不搭后语，中心意思变成了"人傻钱多，姑娘快上"，所有灯在一瞬间全部熄灭。

我们过意不去，对视一眼，齐刷刷地站起来，端了酒向陈飞白道歉。他一一笑着喝了，轮到我最后一个，他放下了酒杯，食指对我点了点："孔真，你得负全责。你赔我一个女朋友。"

我眼一闭，扑通一声倒在沙发上，醉成一只死狗。

那之后，陈飞白和我们有些疏远，一个月都没凑在一起吃顿饭。用小赖的话说就是翻篇了，大家该干吗干吗去。大二的寒假我最后一个回家，留在上海做几场车展的秀，收了工裹着盖住脚的羽绒服走出来，外面天寒地冻，几个姐妹嚷着吃夜宵，我在地上蹦蹦跳跳，直喊冷，一转头，看到陈飞白一身黑大衣，双手插口袋，模特般站在那里。

几个月没见了吧，竟有种他乡遇故知的感动，差点儿冲上去熊抱一把，但还是忍住了，冲着他傻傻地笑。

我赶半夜的火车，来不及吃大餐，他只好陪我回学校收拾行李，宿舍空落落的，陈飞白有些拘谨地坐在绣花的书桌前，我打了一盆热水泡脚，站了整整三天，一双战乱的脚，鲜艳的趾甲盖，厚厚的老茧，像我的生活，灰扑扑的底子，红火的表象，所以每次回乡都令我内心伤悲，因为被打回了原形。

我让他把毛巾和创可贴递给我，他却直接伸过手把我的脚捞起来，轻柔地拭干，大拇指摩挲着硬硬的茧。

“很难看吧？”我尴尬地笑了笑。

他抬眼看我：“孔真，你不要学坏。”

他开车送我去上海站，一路静默，只有浓重的夜和渐渐幽微的电台，“有人忘了，有人哭了，哪一种未来，可以拍手……”我把脸扭向窗外，一阵酸涩。

除夕夜在老家收到一个未署名的包裹，是一双软软的小羊皮平底鞋，那些破皮的地方早已愈合，我抹上乳霜，轻轻地把脚放进鞋里。

2007年的彭丽媛还不是第一夫人，绰约地在春晚上一首《美人吟》唱得我心里甜出蜜：“自古美女爱英雄，一诺千金到尽头……”

过完年回到上海约见面，定在陈飞白家门口的天桥见，结果那儿有两座天桥，突然来了一场暴雨，他在电话里喊：“你待在那里别动，我过来找你。”我没忍住，一颗心剧烈地跳，冲进雨里找他，然后我们就在路口撞到了一起，都淋成落汤鸡，却傻乐个不停，雨打得脸生疼，他把我藏进了怀里。

没有渐生好感，没有暧昧，没有表白，我们突然在一起了，像一场突如其来的大雨，像一个人突然死掉。是命运里摆好的一把刀，没有预告，只有结结实实的经历。

小赖和绣花最初说：“孔真啊，你这是把紧箍咒安到孙猴子头上了。”后来目睹我那几年的号啕大哭、没行没状，都失了言语。直至毕业四散，几次零星重逢，她们都在人海里捞起新的东西，只有我还与陈飞白百般纠葛。绣花问我后不后悔，我答不出来。虽然心知这爱，从最初就是现出败路的模样，可他却是我年轻时遇到的对我最好的人。我还像从前，有钱了一定对他好，没钱时拼命给他爱。

我从不会找不到陈飞白，电话没人接的时候我就坐在地板上锲而不舍地打几十个，终于接通，他在那头声音疲倦："孔真，我只是在应酬。"我握着烫耳的手机，拦车出门，挨个找他常去的几个会所，找到了就蹲在他的车旁，像一只流浪狗巴巴地等他出来。有几次他生气，熟视无睹地走过，开了车就走，却又在半个小时后折回来，皱紧了眉头把我揽进怀里。

最艰难的那一阵儿是在大四，我受不了他连轴转的声色应酬，他看不惯我接活总靠青春吃饭，大吵、冷战，再和好，成了那一阵儿我们的死循环。吵得最厉害的时候深夜我把他赶出家门，他负气下楼，把车马达拉得震天响，呼啸而去，轰隆轰隆在小区楼下绕了好几圈，最后终于没有了声响。后半夜雷声大作，次日出门，一地落花，陈飞白的车静静地停在树下，一身粉色花瓣，他调低了座椅，缩手缩脚地睡着。我哀哀地扒着窗玻璃，落下泪来，我们还有很多感情，可我们无法相处。

我决意冷静一阵儿，虽然我们之间提冷静早已成了狼来了，没有人会相信。

但是陈飞白第二天就走了，直飞菲律宾长滩，他的行踪还是几天后我从他员工那里得知的，一走就是一个多月，我从最初为他担惊受怕到后来不得不接受我被他不动声色地甩了的这个事实。绣花、小赖陪我喝半夜的酒，最后都抱在一起哭成一团，我不知道她们想起了谁，可能都是兔死狐悲吧。

学校空了小半，毕业班的同学大部分出去实习了，有人签了公司，有人接了当枪手的活，还有人转行去了广告公司，我收拾了行李跟小赖去了北京，那么大的一座城市，容得下最有野心的政客，自然也能收留几个失魂落魄的人。我几乎是像一棵树立马扎到了土地，深深抓住能让我双脚站立的东西。我热爱北京，忽略它的雾霾、堵车、天价的房子，纯真地爱着它的胸怀、广大和温暖。就像我从前爱着那谁，只因他对我青睐有加；我爱陈飞白，爱他那个冬天给我的暖。我好像总是这样，怀着感恩的心去爱一个人，难怪被人看轻。

后来我在北京的那几年，是自强自立，对自己冷酷至不近人情。2013年，当我终于拥有国外旅游公司的福利，我去了日本，孑然一身坐在枯山水喝茶晒太阳的时候，我忽然明白了陈飞白，一个人见过越多好山好水，越不会执着于人事，风景流转，四季回旋，执念多么令人痛苦。

然而有句话令人潸然：所爱隔山海，山海不可平。说尽了爱里的遗憾、怅惘。到了听得懂李宗盛的年纪，得不到和已失去，都沉在心底，爱慕往事又无法回头。

2013年的年末，旧友在上海聚首，听到关于陈飞白的一些事，知晓几年前他失踪的那一个月是因为带几对新人去长滩办海岛婚礼，被当地政府当成非法入境扣押了一个多月，回来后忙着止损，等到他终于想到要找我的时候，一切已无可挽回。换一个城市换一个号码，我已成为人海里的一根针。

“那一阵儿难扛，你也走了，公司不成样子，整晚睡不着，头发剃短了都看得出白发。”再见时陈飞白声音低低的，没了遗憾只有无奈。

我们无法埋怨当年，当年的情与爱都是大势已去，有一日挨一日，终有烧到头的一天。

变老的陈飞白和更为世故的孔真坐在车厢里寂寂地沉默着，气候荒寒，却是一天的亮星，流淌成河。

车里还放着我从前为他刻的碟，他喜欢的陈升幽幽地唱着：“也许有天我拥有满天太阳，却一样在幽暗的夜里醒来……”我想起我二十三岁时，鼻梁上架副大墨镜，开最大的音响，踩最猛的油门，兴高采烈地飞驰在上海最宽阔的马路上。那个时候身边也是他，手握一罐冰啤酒，敞开领子的白衬衫，年轻得像一个少年。那个时候我们多么畅快。

想到从前，我木木地望着窗外，泣不成声。陈飞白停下了车，宽厚的手掌轻抚我的头，“我大不如前了，但你越来越好。孔真，你得往前走，不要回头看。”

后来他真的是每况愈下，只有留在上海的绣花有他的一点消息，说2013年“国八条”出台以后，他的旅游公司受到重创，走得只剩下两个人。我在电话里听着，心下凄凉。

我在北京遇到陈飞白的那天，是我这几年最意气风发的一天，加了薪，去4S店提走新车，带了一帮朋友去吃火锅庆祝。我在火锅店猝然见到他，弯腰给人敬酒，一杯接一杯白的，像一个毛头小子，在酒桌上讨着生活，脸上的皱纹满是风霜。

像往事重演，他要赶午夜的火车回去，我开车送他去车站，不认识路，开错好几回，我还没上牌，开错了就直接转回去，还闯了一个红灯。他静静地坐在一旁，也不说我莽撞，醉醺醺地哼起了歌，好像我们之间从没有争吵、错过，也没有分离，时间宽容，所有的错因为没上牌可以随意纠正。

他对我说：“孔真，你保重啊。”这时现出颓唐神色，老了很多，像作一个永别。我不知道他在告别我的时候有没有觉得失去什么。在那一刻，我明白我的青春完了。往后是另一个阶段，一个男人和一个女人，藏起他们的坏和所有午夜梦回的东西，去过余生。

我在停车场待了很久很久，这晚北京的夜空没有一颗星星。我身边没有伴，我也没有岁月可回头。青春像下了一场大雪，白茫茫里，什么都没了。

离开我以后，他也在自己的岁月里平安老去了。

·最好的告别·

爱是无伤于人，亦无伤于己的邻人之情。

年轻时，你想过要永远追随一个人吗？和真想过。

小美国叫王宏亮，是个ABC，长到十三岁才第一次回国，中文说得磕磕绊绊，又长得那么讨喜。让人看了真是揪心，就像舍不得看一个漂亮孩子独自学走路摔跤一样。这是小美国刚进他们外国语A班时所有同学的普遍感受。和真当然也不例外。

小美国给大家发漂亮的瑞士巧克力。外国语学校多是这样家境好的孩子，小大人们都见过了世面，见怪不怪。但是和真不一样，她属于这个学校的另一个群体，是外国语为了提高学校的升学率，从本市各处的学校中挑选出来的尖子生。作为回报，这一部分学生的大部分学费都是减免的，还能享受媲美星级饭店的宿舍服务。和真第一次见到这么漂亮的巧克力，一个个酒瓶的形状，据说里面还有真的洋酒。不知道这样的巧克力吃多了会不会醉呢？和真手里有三个，她不舍得一个人独享。她决定把它们藏起来，等到放寒假的时候带回去给奶奶开开“洋荤”。

小美国抱着他的耐克书包在和真身边坐下，已经开始上课了，他用蹩脚的中文悄悄问她：“你不喜欢吃chocolate？”

和真看着他，笑了笑。和真是全班唯一穿校服的女生，衣服的颜色很淡，五官也很淡，笑容也是淡淡的。小美国后来受和真影响，深爱上中文，在一本书里看到这么一句话——像一株白茉莉不明不白地放着香。他觉得说的就是和真。赵和真，他的新同桌，也是他回国后交到的第一个朋友。

小美国又指着桌子上一条用修正液画出的歪歪扭扭的线，问和真这是什么。

和真跟他怎么也解释不通什么是“三八线”，于是只好告诉他：“是像柏林围墙一样的，把两边的人分隔开来。”

小美国听懂了，但是有些不高兴。他把书包里剩下的所有巧克力都放到和真的桌肚子里。他说：“这些可以把柏林墙推倒吗？”

和真突然就被感动。小美国是个真挚得不得了的人，像她冬天去老师办公室交作业时见到的那盆水仙花，放在暖暖的玻璃桌子上，天真地绽放，吐露香气。

你有机会和一个人做几年同桌呢？不，应该是说这种邻人的位置。从初一到高三，还有之后很长的一段人生，和真几乎都要深信不疑，这就是她在小美国身边的位置。她甚至觉得，越喜欢一个人，就越只想要做他一辈子的邻居。像蜗牛和它的壳一样，坚持得再久一点，变成了乌龟的壳。就像和真自己在日记本里写的：爱应该是无伤于他人，亦无伤于己的邻人之情。

她和小美国一直写交换日记，小美国就曾指着这段话要她解释一下。和真又是淡淡地笑：“你中文再学好一些就看得懂了。”

小美国一直都很崇拜和真，他觉得和真坚强自尊，很轻松地就能考第一名，读了好多书，还会写文章。和真能把《诗经》从头背到尾，“挑兮达兮，在城阙兮”，这样一句话，小美国是在很多年以后才知道它是说：我在城头走来走去，盼望你的到来。他从不知和真等候了他很多年。不怪他，怪和真，少女时代的和真就捏着股劲，不露情，不示弱，从她月假经常留守在学校就看得出来，在满学校贵得咂舌的私家车把校门口堵得水泄不通时，和真觉得一个人伶仃地在门口等一小时才有一班的公车实在是太伤自尊。她可以在交换日记中和小美国分享她的梦想、动容的句子、感同身受的歌曲，但是关于这些生命里灰暗如旧墙的底色，她死也不肯说。所以不怪小美国不理解她为什么不愿意回家，和真不回家，小美国就吃不到只有和真家里才有的春笋蛋饼，就着这个小菜，小美国可以吃下两碗白米饭，可惜他家里的保姆永远做不出这个味道。

中文中有“敝帚自珍”这个成语，说的也是和真。和真把她那个在太湖边上的家形容得很美，有院子，春有玉兰秋有桂花，香味都是醇醇的，有一口井，有石头砌的小鱼塘，还有一只小煤炉，奶奶在上面炖白花花的鱼汤，小美国爱吃的春笋蛋饼也是在这上面慢工出细活做出来的。但是说得再天花乱坠也是没有底气的，小美国无数次表达过要去和真家做客的愿望，和真都编了无数的理由。倒三班公车，三个小时才能到家，够小美国港澳游了吧。何况让小美国坐脏兮兮、又破又慢的公车，和真觉得是王子与贫儿的那个故事，最后各自回归本来的命运，并没有多大的意义呀。

和真很早就熟稔张爱玲的刻薄劲儿，张女士说过："穷人和有钱人凑热闹，就像下雨天跟人合撑伞，湿得更厉害。"

要知道，和真曾经也鼓起勇气想走进小美国的世界，她在心里暗暗地说："就去看一下而已，马上回来，保证不迷路。"

那是高二，小美国过生日，因为之前他得了一个很了不起的数学竞赛奖，所以他妈妈奖励他一个特别盛大的像大人一样的生日派对，还有乐队，可以跳华尔兹，多么令人兴奋啊！小美国一天要让和真保证好几次，一定要来，一定要来。和真答应了，本来她就准备好了礼物，小美国的女神——莫文蔚的新碟。

从和真家去小美国家，又可以一次直飞港澳了吧。和真换了一条她唯一拿得出手的裙子，一早出门等公车，11路换8路，再换702路到西水街的江南景园，小美国形容他的家像一头白色的小象。小美国还说要把和真这个最好的朋友介绍给他妈妈。和真觉得今天自己挺体面的，小家碧玉型的，不会给小美国丢脸。但是很快，和真就狼狈地逃下了车。她在702路上碰到了色狼，那个人脏兮兮的手搭上和真的左肩，一直试图移过来翻开和真的衣服领子。和真又恨又怕，却连抬头看清他真面目的勇气都没有。车一停站她就冲了下去，离目的地还很远，和真灰头土脸地走了很远的路，终于看见了那头优雅漂亮的小白象。别墅前宝马香车，花园里衣香鬓影。和真突然就退却了，转了头，毫不留恋地往回走。和真想：张爱玲真厉害，跟先知一样。

第二天，小美国来到教室兴师问罪。和真撒谎不眨眼睛：“我生病了，肚子疼得厉害，就没有去。”小美国将信将疑，他知道和真爱撒些无关轻重的谎，撒谎是她保护自己的方式。小美国没有拆穿她，拿出一只小冷藏盒，把生日蛋糕带来了。和真的礼物自然也交出来，小美国很开心：“你怎么知道我喜欢Karen的啊，不过林汐琼也送了我这张碟，你知道林汐琼吧，就是国际班的那个神话，我以为她很高傲呢，可是昨天见到她，觉得很有亲和力。”

啊，林汐琼，《流星花园》里藤堂静式的人物。小美国可以当花泽吗？和真凝望眼前这个日式美少年，心里幽幽地叹了口气。

小美国很快就恋爱了，开始把林汐琼说的话当《圣经》一样信奉，动不动就是琼说，琼说。但是林汐琼有一句话是对的：“梦想与现实总是事与愿违，可这就是人生的美好。”和真觉得，也许小美国就是她的一个幻想，而幻想就是拿来幻灭的。

高考结束，他们三个人都考上了上海的大学，只不过和真学了医，本硕博八年连读。小美国和他的琼则是“2+2”的国际班。人生好像就是在这时候显得泾渭分明了吧。和真在实验室里做一整天的实验，累了抬头看看玻璃柜里的器官标本，苍白而苍老，她觉得这就是她和小美国的命运了吧，装在不同的玻璃罐里，一生一世遥望着。那些所有被隐藏起来的感情，只要不说，就像有福尔马林永远保护着，永远不会腐坏。

和真越来越瘦，越来越白，一条白大褂穿在她身上，手插在兜里，在秋日的阳光下静静站着等小美国。小美国远远看到她，突然就有些伤感。不是为和真，而是为自己。他一直都觉得和真太坚强了，自己对她一点儿帮助都没有。他总觉得和真要去一个很远很远的地方，而那地方，是自己永远也抵达不了的。比如这次，和真又拿到了最厉害的奖学金，要请他吃饭。

真是难得，他们还保持着中学时代的情谊，写交换日记，彻夜聊天，一个人突然说要走，另一个立马站起来跟着。小美国想，这应该就是古人说的“无关风月，只为真心”吧。他爱和真吗？不知道，总觉得爱了好像就会失去她一样。

和真依然会写小说，小美国依然是第一读者。每一个故事大都有小美国的影子，他很开心，开玩笑说：“看着小说，不知道的人还以为你很爱我。”

和真突然接口：“小亮，我是很爱你。”小美国愣了愣，说：“我知道啊。不爱我，你早就离开我了。和真，我越长大，越对自己失望透顶。”

的确，小美国也有太多不如意的地方。他和林汐琼没多久就分手了，情场浪迹，人生里他有太多诱惑，诱惑很美，诱惑也叫人迷失。迷失还好，最怕沉沦。和真是阻止他沉沦的灯塔。

和真却一直没有恋爱，追求者也寥寥。她问小美国是不是自己太差劲了，小美国安慰她："你一直都很优秀啊，只是男人嘛，你知道的，都是拈轻怕重的。"

这么一来，和真不再怕单身。其实她心里清楚，她在等，等一个更好的自己，等一个契机。可是这些年过去，这两样都似乎遥遥无期的样子。和真的坚持令她得到了什么呢？弥足珍贵的回忆吗？你知道的，回忆都不是真实的，那是内心的谣言，你想记住什么，就会忘却其余。

很快，两年就过去了，小美国去美国了。和真在越洋电话里问他："美国的月亮是不是真的比中国的要圆一些？"小美国回答说："和真，很想你，很想你。还不如不认识你。"

因为有时差，渐渐地电话也少了。和真只能从Facebook上了解小美国的近况。他的转变是明显的，进入了另一个浮华的留学生圈子：某某带了女朋友去瑞士滑雪；某某又去米其林三星的餐馆用餐；今天又有生日派对了，乌泱泱的一群红男绿女。小美国有时候也苦恼，对和真抱怨："我好像越来越糟糕了。”和真说：“你只是被宠坏了，被人，被物质。不要怕，会好起来的。”

“和真，你也是。你活得太焦虑、太清醒了，这样会伤害自己。”

这就是和真的收获，那么多年换来一个最了解自己的人。一句话就能说到和真心里去，令她心酸无比。

嗯，就这样吧，已经很感激命运了。

和真研二的时候，小美国突然回国几天，偏偏和真那时参加一个义务医疗队去了偏远山村。那里的黄昏真是壮观，漫山遍野的桃花，火烧云把天空染得温暖而宁静。和真望着这样的黄昏，会莫名地流泪。这天，隔着电话听到小美国略显失望的语气，和真想也不想，跑下山央求村长送她去车站。

坐小巴，换长途客车，再换火车，一路颠簸，无奈夜行的火车还晚点几个小时。和真没有办法，只好住车站旁三十元一晚的便宜旅馆。走进去一张光秃秃的铁丝床，墙角堆着烟头，蚊虫嗡嗡，窗外还有轰鸣的汽笛声。和真胆战心惊地睡下，想起小美国，又觉得安心。好像小时候发了压岁钱以后去逛商店，即使不想买任何东西走进去也很有底气。小美国就是这样一种底气。

和真只来得及和小美国在机场匆忙见一面。小美国更帅了，也更浮华了，身上洒着昂贵的香水。拥抱时和真深深吸了一口气，这就是小美国身上的气味，钱的味道，那是一种很好很有安全感很体面的味道。和真笑得有些局促："和你比起来，我显得老多了。"

小美国说："和真你看上去从容而成熟。你看你的眼神，好像永远都知道自己想去哪里。"原来，这是小美国最后一次回国。他们全家决定定居美国。小美国说："就想再看看你，也想让你看看我。怕你以后就不记得我了。"

和真平静地望着小美国的背影，站了一会儿，也掉头走了。最好的告别大概就是一个人消失了，你也不再费力去找。

和真依然是一个无比勤奋的人，很多人都说她会有远大前程。其实只有和真自己知道，她不停地往前跑，只是因为所有令她心动的东西、人，好像都在很远很远的地方，她只有不停地追，才能离他们更近一些。

那么关于对小美国的感情呢？也就这样无疾而终了。一如凋零之于野花，也是一种圆满。

·乘喷射机离开的女孩·

她曾用来换取美丽的时光本可以换取爱。

他爱上一个不美的女人，一只成天做着天鹅梦的丑小鸭。起初他总是周星驰般至贱无敌地笑，后来他沉默地为她端出一碗又一碗沙县小吃。

周宵常常有一个想法：为什么不能把年轻人的爱情先冻结，让他们无后顾之忧地去吃苦、去奋斗、去装孙子，去跪在地上爬出一个英雄来，然后他就可以从容地解冻他的爱情，爱一个女人，拼命对她好，送她玫瑰香槟、钻石，饱览她所有的笑容，保护她不受这个世界的伤害？

周宵的想法永远无法实现，所以当他面对爱情时，那种无能为力的感觉深深打败了他。曾经她来他的饭馆吃饭，他表达爱意的唯一方式是——不用地沟油，抹去零钱，多送一碗汤。

那个不美的女人叫叶美辰，名不副实，脸太长，鼻子有点塌，嘴巴又太大，还戴着牙套。她真不能笑，一笑就喜庆地咧大了嘴。周宵不得不承认，好像一头得意忘形的羊驼呀，无敌呆萌。

2008年，这种小动物还没有风靡全球，所以那个时候周宵挖空心思地想找出一种动物来嘲笑一下叶美辰。可是他自己不知道，当年的他，顶着一头乡村洗剪吹的黄毛贱兮兮地笑时，也是丑得不堪回首。

他们是真的相识于微。

在周宵那家十平方米小得不能再小的沙县小吃店里，辞职准备考研的无业女青年叶美辰点了一份鸭腿饭蹭一下午的空调，当她敏锐地觉察到老板已经有意无意地在她面前走了好几遍的时候，心里暗暗骂完老板小气后，她只好说："老板，你这里有什么饮料？"一元的可口可乐装在小玻璃瓶里，散发的冷气一点点变成水珠，在桌面上形成一个圈。叶美辰在那个位置坐了太久，以至于在她离开以后，周宵常常对着那个颜色较浅的圆圈发很久的呆。

叶美辰每天都来，周一鸭腿饭，周二卤肉饭……每天都不重样。渐渐地，周宵和她也有些熟悉了，每次过了饭点就忍不住看两眼玻璃门，那个穿T恤、牛仔裤，背个大书包的身影就出现了。周宵和她搭过几次话之后才知道她辞了职孤注一掷考研，要考到北京去。他默默听了，转身掩进厨房的方寸之地时，弯腰拿出一瓶金龙鱼调和油，开了盖子给叶美辰做蛋炒饭。一边炒一边忍不住哼起了小曲，他想到叶美辰要真考上了研，功劳可有他的一半，他可是至关重要的后勤部部长。

有一天傍晚，周宵在附近的菜市场遇到叶美辰，提着一袋子青椒和马铃薯。叶美辰没有看见他，在路口弯着腰挑五元钱一支的野百合。周宵突然觉得黄昏像湖水一样浸着叶美辰，捧着百合花的她显得那么柔软而弱小。她扶了扶老学究式的黑框眼镜，吸了吸鼻子，那个小动作那么可爱。周宵情不自禁地又笑了。

那之后周宵再也不轰叶美辰走了，他把叶美辰常坐的那张桌子用洗洁精擦得干干净净的，还对叶美辰说："以后下午你就安安心心地在这里看书吧，反正我一个人也要开空调，不多收钱。"

叶美辰受宠若惊，周宵凶巴巴地说："好好准备！赶明儿考上了清华、北大，我就把我这地儿改名‘状元楼’。”

叶美辰激动得脸颊泛红，支吾了半天，说：“老板，为了感谢你，今天我要点你们店里最贵的豪华商务套餐。”

豪华商务套餐价值二十二元，周宵说：“乳鸽汤还差点火候，我帮你再温温。”

正说着，店里又来了两个小混混模样的少年，各要一份炒河粉。周宵进厨房，没过多久突然听到外面的叶美辰一声尖叫：“抢钱呀！”

他连忙追出去，刚刚那两个少年正落荒而逃。叶美辰在身后喊：“我的钱包，我的钱包很重要！”

于是周宵追了他们两条街，终于把钱包追了回来。他哼着小调回来向叶美辰邀功：“快看看有没有少钱。”

叶美辰一打开钱包，他就愣了：“就五十元钱让老子喘得像条狗。我还以为里面有巨款呢。”

叶美辰瞥他一眼：“是这钱包重要，我男朋友送我的生日礼物。而且里面有我们第一次约会时照的大头贴，这些都是无价的。”

周宵愣了愣，抹了把额头上的汗，掀开厨房的布帘，躲了进去。他越想越生气，丢了舀汤的勺子，说了句：“这么丑的女人都有人要。”手一抖，乳鸽汤里多了一勺盐。叶美辰喝得口干舌燥，但看在老板帮她追回钱包的分儿上，就没有计较。

叶美辰再去店里的时候，发现周宵那边多了两个伙计，竟然是那天抢她钱包的两个少年。她气得够呛，跑进厨房质问周宵。周宵一边端着大铁锅，一边向她解释："是他们自己来找我的。说起来也可怜，被老板赖了工资实在没钱吃饭。给孩子一次机会嘛。"

叶美辰看着他挥汗如雨的样子："我发现你是个好人。"

周宵转头看她："那你男朋友呢？你男朋友是个好人吗？"

叶美辰说："我男朋友是个厉害的人，他在北京外企上班，月薪八千呢！"

周宵撇了撇嘴："你们女人哪，真是肤浅。"

忙完了饭点，那两个小孩过来跟叶美辰郑重道歉，一口一个老板娘，我们下次再也不敢了，把叶美辰喊得脸通红。叶美辰不好意思地看向周宵，他正呷着一罐冰啤酒，皱着眉好像在思考很严肃的问题。于是叶美辰也埋头专心地看起专业书来。

2008年的夏天就这样像踩着西瓜皮飞快地滑过去，叶美辰的专业书越读越薄，周宵的生意也越来越红火，最后，店里实在太吵了，叶美辰就决定不来蹭空调了。她在周宵这里上完最后一次自修课后抱着厚厚的书本离开，扭头看了看周宵，他和那两个小伙儿排排坐着，三颗黄澄澄、乱糟糟的脑袋一动也不动，专心看着日复一日重播的《还珠格格》。连那么长的电视剧都放到尾声了呢，夏天真的要结束了，叶美辰有些伤感。

秋天的时候，叶美辰突然接到周宵的电话，说要请她吃饭，有重要的事情要和她商量。叶美辰很疑惑，不过她换了条浅藕色的连衣裙，清清爽爽地出门了。

摘掉牙套的叶美辰好看不只一点点，可是她现在紧张极了，周宵竟然带她来吃西餐。她悄悄对周宵说："你疯啦，听说这个地方死贵死贵的！"

"放心点，咱不差钱。"

叶美辰胆战心惊地点了一份最便宜的意大利面，周宵瞪了她一眼，给她换了一份A套餐，沙拉、三文鱼、鹅肝、牛仔骨……每一份都是小小的量，盛在皎洁的白盘子里，精致极了，叶美辰都舍不得吃。最后再三催促下，他们才笨拙地用刀和叉子把桌布上能吃的东西都吃掉了。

最后叶美辰捧着咖啡和提拉米苏心满意足地笑了："周宵，我真的要谢谢你，你是第一个带我来吃这么好的东西的人。"

周宵看着她用银叉子，像一只快乐的小松鼠一样一点点把甜蜜的蛋糕拨进嘴里，突然就觉得什么都不重要了，现在这么美好的气氛最重要，他想要完整地保留在他们彼此的记忆里。对他们这样朴素的人生来讲，一生的浪漫可能也多不过这一晚的烛光、西餐、甜点。周宵在心里长吁了一口气。

所以当叶美辰问他有什么重要的事要和她商量的时候，周宵说：“就是挣了点钱，给你补补，顺便检查一下你最近有没有偷懒。”

叶美辰信心满满：“就冲这顿大餐也得考上啊。”

离开餐厅的时候，叶美辰有些伤感：“周宵，有钱真是好啊，什么都井然有序、漂亮优雅。”

错过那次唯一的表白时机以后，周宵再见到叶美辰的次数少之又少。他自己也忙得不可开交，2009年年初，他和朋友合伙开了家川菜馆，生意意料之外地好。这个城市刚刚流行吃辣，不管你店铺多偏、环境多差，只要辣味够劲，都有一帮食客远道而来。周宵是碰巧赶上了好时候。他白天当主厨，晚上算账，一天只睡几个小时。

所以叶美辰打电话跟他告别的时候，他正睡得昏天暗地，那是唯一一次周宵放纵自己偷懒，睡个饱觉。等他醒来的时候，已经是黄昏，夕阳从窗户漫进来，一直淌到沙发前的地板上。周宵怔怔地握着手机，发了会儿呆。再打过去的时候，只有一个亲切但冰冷的机械女声："对不起，您拨打的号码是空号。"

他和叶美辰就这么失散了。这几年来他梦到过叶美辰两次，一次是她热火朝天地捋着袖子搬家，一次是她甜蜜羞涩地结婚走红毯。周宵想做的梦都是这样的，叶美辰应该过得挺不赖。

2011年，周宵已经是七家川菜馆的老板了，检验一个男人是否事业有成，只要看他身边有无莺莺燕燕就知道了。周宵三十多岁了，也想找个人安顿下来。可每次环顾身边的人，总会想起叶美辰那张不美但天真单纯的脸。他突然很想去见见叶美辰，不是慰藉相思，而是想要确定自己是否能够忘怀。

周宵运气真够好，长这么大第一次踏上伟大首都的土地，在瞻仰完天安门以后，就遭遇了北京百年难遇的特大暴雨。天像是翻过来的海，路面成了海面，周宵无奈地被困在地铁站里，看着楼梯上的水像瀑布一样涌下来，不知道何去何从。他才发现自己完全是一时兴起，他根本就没有叶美辰新的联系方式，即使他和她站在同一座城市里，可这是北京啊，湮没一个人像天用雨水淹没一条街道、一座花园。

不过，在6月23日那天，周宵在地铁里躲雨的时候，着实见到一个背影很像叶美辰的女孩。可惜那个女孩太漂亮了，他的叶美辰是个丑妞，他眷恋地看了几眼那个女孩的背影，好像在和叶美辰告别。

然而周宵不知道的是，那天他见到的那个美女很有可能就是叶美辰。他不知道，在离别的几年里，叶美辰并不幸福，平庸的相貌深深伤害了她，在被男朋友甩了以后，叶美辰的人生里就只剩下两件事，读书和存钱；只剩下两个梦想，去韩国和披上婚纱。

四年的时间给叶美辰带来了什么呢？是一双宋慧乔的眼睛，一个金泰熙的鼻梁和一张尹恩惠的嘴。时光在她身上发生了天翻地覆的变化，可是她好像并没有因此得到更多的快乐。叶美辰回到了无锡，她想起了周宵，怀念那个夜晚优雅的晚餐，于是回到原来住的地方，没想到那家沙县小吃还在。只是老板换了人，是当年抢她钱包的那个小伙儿。他没有认出叶美辰，直到叶美辰开口问："你们原来的那个老板呢？还能吃上他做的炒河粉吗？"

小伙儿抓抓他乱糟糟的头发："嘿，你是老板娘啊。变太多了！变得我都不敢认了！你等着，我得告诉我哥去。"

叶美辰微笑着等着周宵，那种感觉像在等一段旧岁月，缓缓归来。周宵也有同样的感受，他连闯红灯奔向叶美辰的时候，心里都是宁静、平和的。可是当那个简陋布景里的背影缓缓转过脸，对他笑得艳若桃李时，他过了很长一段时间，才平复掉心中涌起的伤感与悲哀。

那美女说：“我整容了，你一定认不出我了吧。不过你改变也挺大的，混得很不错的样子。”

周宵惊魂未定地坐下来，不自然地笑了笑：“也没怎样，就瞎混呗。”

这次重聚因为生分而显得有些潦草，他们对笑了一阵儿，寥寥数语交代完自己这四年，发现没有话题可供他们暖场了。叶美辰顿了顿，说：“那就先这样吧，有机会再聚，我还有事，先走了。”

周宵说：“我捎你一段吧。”

叶美辰去移动的营业厅换了本地号码，周宵存她号码的时候开玩笑：“真是荣幸，我第一个拿到号码。”

叶美辰笑了笑，顺手把鬓发轻轻拢到耳后。这个动作周宵太熟悉了，这是叶美辰温书时最多的小动作。周宵突然觉得心中有一种苏醒的力量，好像有一只熊钻进了他的身体，而春天正在葱茏赶来。

他们从前去过的那家旋转餐厅仍旧营业，只是不再是这座城市最好的餐厅。周宵选择在这里给叶美辰过二十八岁生日，预约了香槟、玫瑰、小提琴，他认真地准备着这些，像在圆少年时的一个梦。他在椅子上坐下，忍不住笑自己，怎么会深深喜爱那个曾经那么不美的女人。

那个女人这个时候应该正在从机场往餐厅赶，她说出差完她要先回家，换一身优雅大方的裙子，以最好的姿态迎接她的二十八岁，同时，和周宵重温旧梦，希望能收到惊喜。

然而这个女人失约了，永远失约了。更残酷的事实是，当他精心准备着这一切，试图延续五年前那个美好夜晚的时候，她已经不在这个世界上了。

听说飞机失事是在一瞬间，时间短得连写遗书的时间都没有留给她们。美丽的叶美辰就这样饱含遗憾地离开了这个世界，陪她的还有一个更年轻的女孩。

旧金山的夜晚会不会很凉，很孤单？还好那里的黄昏足够美好。听说死于青春的人可以在人间游荡很久，那么叶美辰看到这样的黄昏的时候，会不会遗憾，她曾用来换取美丽的时光本可以换取爱。

周宵在一周后陪叶美辰的母亲领到骨灰盒，他抱在怀里，好像抱着叶美辰挚爱的泛着香气的化妆盒。

他不哭，叶美辰永远地活在了美丽的二十八岁。她二十八岁的第一个夜晚，他在餐厅里经历漫长的等待，读完了一本海明威的书。窗外下过阵雨，空气像在水里洗过一样。

那本小说的结尾这样写：“当夜幕降临，更多的鲨鱼包围了他的小船，他用木棍、用桨，甚至用舵和鲨鱼搏斗，直到他要保卫的东西失去了保卫的价值，直到这场搏斗已经变得毫无意义的时候他才住手。”

他抬起头，蜡烛燃尽了，天亮了。

·在这世上感觉被爱·

光天化日爱一个人会伤悲，摸黑才不会。

易遥喜欢看黄昏，无论是南方灿烂的晚霞，还是朔北的晴空万里，一群鸿雁。甚至在异地他乡，她也爱上了北京长安街上的落日，如流动的油画般浓墨重彩的金粉河里有赤子一生的故事。

黄昏的好在于一天之中，总有一个时刻，阳光用一种近乎女人柔软的双手抚摸生活里的伤痕，让我们能日复一日被深情辜负。

易遥在浸着夕阳的窗前临字帖，心里装着一个遥不可及的人。

她总恍惚觉得自己做了一个很长很长的梦，梦里是川藏线上一辆摇摇晃晃的吉普车，漫天的大雪，一张无法准确描摹的脸，和一把饱含江湖沧桑的声音，低低唱着："乌兰巴托的夜啊，那么静那么静，听歌的人不许掉眼泪……"

在易遥的记忆里，2006年的冬天是一个崭新的开始，远离了繁重的课程、沉闷的实验室，站在广阔的天地间，深吸一口冷冰冰的空气到肺部。躺在大太阳底下像晒一条棉被一样晒着自己，易遥觉得身上的那股消毒水不近人情的气味终于一点一点挥发了。

林教授带领的医疗队援藏为期一个月，从拉萨到阿里约1800公里，要翻越一座大雪山。易遥是里面年纪最小的，每天忍受着高原反应，吃着煮不熟的饭菜，喝着煮不沸的热水，终于圆满完成了任务。

他们从阿里出来那天，易遥坐的这辆车里多了一个搭车的年轻男人叫达瓦。他是当地人，要回县城。那可真是一个有趣的男人，一路上都为大家唱着歌，从藏歌《康定情歌》到草原歌曲《乌兰巴托的夜》。

窗外刮着风雪，空无一人，寂静又孤独，只听得到车轮轧在雪地上发出咯吱咯吱的单调声响，让人昏昏欲睡。所以当吉普车发出严重的警报声，车体向下翻坠时，强烈的痛感令易遥在一瞬醒来，又很快失去知觉。

易遥醒来的时候已经在县城的医院里，这才知道他们翻了车，多亏达瓦爬出了车厢，徒步几公里喊来了救援。易遥的伤势最轻，医生说是在翻车的时候有人护住了她。

那个人多处外伤，加上体力严重透支，睡在易遥隔壁的病床上，好像一个巨人，他真的太高了，护士帮他在床尾加了木椅才够。她凝视着面容粗犷又深刻的达瓦，心里涌起劫后余生的深深感激。

在养病的那大半个月里，易遥和达瓦成了朋友，病房外常常能听到他们的笑声，一个爽朗一个轻盈，不时有歌声传出来，飘荡在高原晴朗的天空里，让人心情舒畅。

没有不散的筵席，分别前一天，一群人围坐在篝火旁，大家都上前敬达瓦一杯。达瓦来者不拒，大碗喝酒，大块吃肉，是条铮铮汉子。轮到易遥，他反而有些扭捏，连声说："随意，随意。"

易遥一口气干了，亮了亮碗底："咱们的情义值得全干了。"

月亮在寒夜里泛出冷冷的光，达瓦有些伤感："不知道什么时候还能再见，你留个地址给我，我给你写信。"

易遥掏出笔记本，写下学校的地址，递给达瓦的时候，忍不住说了一句："达瓦，你歌唱得很好，你还有梦想。有梦想的人能走得很远很远，你应该去外面的世界看一看。”

达瓦若有所思地点头。

易遥是一个骗子，她骗达瓦外面的世界很精彩，可她的生活却单调而苍白。

实验室、宿舍和食堂的三点一线，偶尔想起在高原的日子，仿佛肩上还有那明亮阳光的温度。

应该用玻璃罐带些阳光回来的啊，易遥心里很遗憾。然而达瓦给了她一个很大的惊喜，她收到一个大包裹，里面竟然是一罐阳光和一瓶泥土。

达瓦信上的字形状活泼，迫不及待地告诉易遥：“我决定听你的话去外面的世界看一看。这两样东西送给你，作为一个纪念，也是我的乡愁，由你保管。”

达瓦开启了他流浪歌手的征程，一路从阿里去往拉萨、昆明、成都、重庆，每到一个地方，他都会给易遥寄一张明信片，密密麻麻的字，有时是一些当地的见闻，有时是新学会的一首歌，偶尔他的女朋友卡桑也会涂上一笔——祝远方的朋友平安。

易遥这才知道原来达瓦有一个相恋两年的女友，收到那张明信片的下午，她木着脸在实验室做了一下午实验。要好的师姐生日，组织大家去唱歌，易遥鲜少参加这类集体活动，这次竟然主动报名参加，唱了一整个通宵，喝完三瓶科罗娜，终于精疲力竭。天蒙蒙亮的时候，她翻墙回宿舍，躲进被窝里昏睡一整天，第二天就好了，如此平安地度过了那种近乎失恋的可怕情绪。

她给他们寄去两个日本寺庙求来的平安符，一行字平淡得看不出任何伤感惆怅："离乡背井，送你们保平安。"

达瓦的追梦自由之路一走就是五年，未来越来越不可知。而易遥的名字也被证明不过是个美好寓意，除了那次援藏，她再没有去过远方，没能在草木幽深的长夏俯瞰细小的河流，也不曾在碎云积累的空茫里飞行摘星星。易遥研究生毕业，进了朝阳医院见习。她既定的人生轨迹，如一条铁轨深深地扎进土地，难以撼动。

达瓦的明信片，像草原高空上的鸿雁，是关于自由的一次深呼吸。

易遥把它们妥当地收藏在一个木盒子里，连同那罐空气和泥土。

你光天化日爱一个人会伤悲，摸黑才不会。这个道理，易遥深深懂得。

然而有一段时间达瓦沉寂了很久，久到易遥担心他们是不是出了什么事，他才寄来一张明信片，只言片语，只是向易遥报个平安，邮戳是兰州。

易遥在主任办公室软磨硬泡一下午，终于请到三天假。在去首都机场的路上，易遥忍不住笑起来，探出身子看白茫茫的月亮，突然发现北京的夜空也是这么高远。

易遥到兰州中川机场是夜里10点。她打车去明信片上的地址，眼前的景象让她有些吃惊，一整片建筑工地般的廉租房，入口一条污水沟，好几个男人光着膀子坐在大排档上喝酒。易遥小心地走过去，恨不得缩成一个纸团，好躲避他们含义不明的眼光。

终于上了五楼，给她开门的是一个瘦瘦弱弱的男孩，一听找达瓦，他说："他在酒吧驻唱，这个点差不多该回来了，你在巷口那个饺子摊等他吧，他每天晚上都会在那里吃夜宵。"

饺子摊在漆黑夜里泛出一点昏暗的光，三轮车上放着一只汽油桶改造成的大煤球炉，汤锅坐在桶里，木头屉上整齐排着包好的饺子，地上还有一桶清水，堆着吃过的脏碗。煮饺子的女人若有所思地站在锅前等饺子煮开。易遥坐在油腻腻的桌子前等她的饺子，安静得像她脚边的行李。

路灯的亮处远远走来一个高大的男人，径直坐在小矮桌前，卸下肩上的吉他，跟煮饺子的女人做了个手势，意思是像老样子各来一份。易遥与他隔了几条板凳，学着他的样子往小碗碟里夹腌萝卜丝，舀了一勺辣椒酱，再倒一点醋，等着他们的饺子端上来。

易遥吃完这顿她人生中最美味的饺子，走过去，敲了敲那个高个儿男人的桌子：“好久不见，达瓦。”

握着啤酒瓶的那只大手，静止了几秒钟。

时隔五年，他们终于又见面了，时间太久远了，以至于印象中的人面容都发生了变化，他们盯着彼此看了好一会儿，异口同声地说：“你怎么和冬天的时候长得不一样了呢？”随即，不约而同地笑了。

达瓦给易遥找了间干净的旅馆，煮了壶热开水聊了大半夜的天。后半夜的时候，重逢的喜悦渐渐淡去，生活惨淡的底色又露出来了。他坐在易遥对面，垂着手，神色有些颓唐：“卡桑离开我五个月了，回了阿里，阿妈给她找了个很好的人家。”

易遥反握他的手：“我就是不放心你，来看看你。”那晚达瓦的情绪很低沉，一事无成的失落感袭击着他。

易遥只请到了三天假，她在酒吧听了一晚达瓦唱歌后，第三天就得搭飞机回去了。

达瓦送她上机场巴士，没怎么说话，只是重重地抱了抱她。易遥在面前比了一个照相机的形状：“达瓦，笑一笑。”达瓦就笑了，这个走江湖的男人很久没有这样灿烂的笑容了，易遥回抱住他，“达瓦，继续给我写明信片，不管去哪里，都向我报一声平安。”

时光就这样飞逝而过。

易遥再见到达瓦是2012年的夏天，那个热火朝天的夏天，各大电视台都在举行歌唱选秀比赛，易遥下了班，抱半个西瓜坐在沙发里，听着那些或年轻或已经失去青春的人站在舞台上用煽情而到位的语言讲述着自己的音乐梦想。

然后电视里出现一个长头发的高大男人，他高得电视机都快要装不下他了。易遥忍不住尖叫：“啊，达瓦！”他有一张古铜色刚毅的脸，站在舞台上只报了一个名字，然后开始唱歌。“当我站在大桥上面，静静凝视高速公路，没有人能知道，我有多想哭……”他选择了汪峰的《像个孩子》，声音很江湖，像北京夹着沙的风拂过脸颊，歌声漫过脑海，人们只记得这样几句歌词，“抱紧我抱紧我，直到我有一种温暖的感觉。我真的需要你来爱护我，像个孩子……”

想到这些年的居无定所、飘零浪荡，太多的冷眼，稀薄的温暖，达瓦自己流下了眼泪。

达瓦四盏灯安全通过，他红着眼睛深深鞠了一个躬。评委问他有什么想说的，他说：“祝福我曾经的女友新婚快乐，也祝我遥远的朋友一切都好。希望她能看到，我取得的一点点小小的进步。”

达瓦深情地看着镜头，电视外的易遥红了眼睛。

不久接到达瓦的电话，他那边很安静：“易遥，你有看节目吗？”

“我看到了。你唱得很好很好。”

“谢谢你。”

达瓦最后止步于20强，很多人扼腕叹息，他却心满意足的样子，离开舞台的最后一刻，又深深鞠了一个躬，像当初获得雷鸣掌声时一样，心怀感激。

易遥在北京南站接到达瓦，远远地看着他走过来，还是高高的个子，不过他剪短了头发，意气风发的样子。他们来了个满怀的拥抱。易遥说：“欢迎来到流浪者的故乡，北京欢迎你！”

他们第一站去了天安门看升国旗，太阳的红光把周围晕染得流光溢彩，达瓦目睹这样壮观庄严的场面，心里十分激动：“易遥，我觉得我在北京待得下去，我爱这里！”

当然，他会爱这里。北京有夏利、大前门、燕京啤酒，有世界上最长最宽的长安街。这里是老皇城，是繁华之都，可更是无数有着梦想的人内心的乌托邦。达瓦，你在这里好好的，我会照顾你。易遥在心里轻轻地说。

选秀节目给达瓦带来了一定的名气，他已经接了一些商业演出活动，甚至有音乐制作人联系他寻求合作。达瓦很快在北京安顿了下来，在三环外租了间小居室，厨房卫浴一应俱全，对流浪太久的他来说可以媲美天堂。

搬进去的第一天，易遥带了一瓶酒来庆祝乔迁之喜，她闪进厨房，拿手术刀的手拿起锅铲也是像模像样。端出一桌色香味俱全的饭菜，被油烟洗过一遍的房子顿时显出一股温柔的人情味，连易遥身上那股淡淡的酒精味也消减了不少，眉目看上去那么柔软。

那天晚上喝光一瓶酒，月亮又圆又亮，月光像牛奶一样从窗户里流进屋子，躺在柔软的枕头上。易遥不肯走，红着脸央求达瓦留她过夜。一切都发生得那么自然，他们也等待了那么久，像一朵花等待春天。

恋爱中的易遥是那么可爱，好像有一只活泼的小鹿钻进她的身体。她总是动不动就脸红，一个人躲在角落痴痴地笑，这令科室里几个“我本有心向明月”的师兄望着易遥的背影不无摇头叹息。

他们吃饱了晚饭沿着老胡同散步，易遥调皮地问：“我可以牵你的手吗？会影响你的人气吗？”

达瓦捏了一下她的鼻子，把她的手紧紧地握在自己的手掌中。

他们还喜欢去长安街看夜景，趴在天桥上向下俯瞰流动的车河、绚丽的灯光，因为身边有个人而对这个城市涌起无限的爱意。他们轻轻地接了一个吻，然后消融在彼此灯火辉煌的眼里。

达瓦和易遥都不去想遥远的未来，爱情的永恒是一幅无涯的壁画，而他们只是其中的一抹颜色，融在其中，像黄油抹在一片热气腾腾的面包上。

·漫长的心动·

她清清白白的恋人，从杏花微雨里走出来。

回忆起爱情来，遗憾、悔恨都不怕，最怕回忆稀薄又锋利，把后来的你，割得痛不欲生。

杜柔山二十四岁的时候，有一阵儿她需要依靠褪黑素进入睡眠，晚来寂静，当药效发作将睡意像棉被一样轻轻拉上来的瞬间，她总有几秒钟想到他。面容恍恍惚惚的，始终像一个对岸的人。

而她清醒的时候，有时会想，如果在青春年少时，没有被这个人绊住脚，往后会不会更快乐一些。

她不知道。她只知道这么多年，她终忍不住，一次次转过头来。

像夏天的白姜花，那些无以言说的心动与情愫，黯淡成一片惨白。

一切都始于少年时代一场漫长的暗恋。

柔山认识时俊是因为表姐杜晓棠，这个大她三岁的男孩第一次出现在她生命中时，也不过二十出头，像一枚雨后青杏。身量不高，面容可爱，站在她面前，羞涩地跟她问好。“小妹，你好。”

倒是柔山，有着不属于这个年纪的早慧，一下子明白过来为什么表姐在周末一定要来找她一起出门。那个年代的家长还视早恋为洪水猛兽，尤其是高三应考生。寄宿学校一个月才有一次双休，年轻的恋人们约一次会却要克服重重险阻。柔山是电灯泡，也是最好的庇护。

三个人谁也不说破，却都心知肚明。这样微妙的三人行，一直持续了小半年。

他们常常约在周六中午见面，一起去麦当劳吃个午饭，然后去枕草子看书，写作业。那是一家很小的咖啡店，墨绿色的门面，有一只好吃懒做的折耳猫。时俊和晓棠坐在一排，柔山坐在晓棠的对面。三颗毛茸茸的脑袋，亲密地挨在一起，埋头写作业。写累了，时俊会去给女生买两块蛋糕，每次他都知道晓棠爱吃什么，但总要再问一遍柔山，“小妹，这次你想吃什么？”

后来，柔山明白，这就是恋人之间的亲昵与默契。

有时时俊会帮柔山默写，就是那种很无聊的英语词组默写。他念一个，她写一个。他的声音很温和，但是她却总是很紧张，一紧张英文单词就拼不出来。时俊有些发愁，语重心长地教育她：“学习还要更用功一些啊。”

她撇了撇嘴，觉得时俊好笑，又觉得自己好笑，明明是英语课代表，却被他扰得单词都默不出。她合上作业本往外走去，有的时候她是会这样一个人走出来，给恋人们留一些独处的时间。时值秋天，咖啡店外是一条幽静的马路，年久的梧桐树沉默厚重，手掌大的落叶温和地铺在地上，给大地一种像天空一样高远的感觉，从路的一头到另一头往返大约要一个小时。

一个小时恋人可以做多少事呢？一个小时可以把MP3里的歌循环一遍，王菲在耳朵里唱：“还记得当天旅馆的门牌，还留住笑着离开的神态……”

这是柔山第一次看见爱情的模样，它的底色是温暖而伤感的。

又有谁会在意发觉一个孩子的暗恋呢。

很快他们就高考了，时俊考得一般，勉强够上本地的一本院校，杜晓棠去了北京。那个夏天，柔山只在晓棠的谢师宴上见到时俊一面，他坐在同学那一桌，由衷地为晓棠开心，背影又有一些落寞。柔山走过去，拍了拍他的肩膀。他看到她就笑了，“听说你中考第一名。”

“和你们一个高中。你高一的时候是几班？”

“我们是2班。”

“那我也上2班。”

时俊又笑了，觉得她好玩。

深夜，柔山接到晓棠的电话，说时俊在KTV喝多了，这么多同学，就他喝得最醉，还傻傻地唱《爱我别走》。她叹了一口气，好像很无奈的样子。

“你以后会跟他分手吗？”柔山问

“不知道。应该不会吧。”晓棠挂了电话。

柔山一个人在深夜拧开了台灯，在寂静的夜里反复听时俊唱的那首歌。“爱我别走，如果你说，你不爱我。不要听见你真的说出口，再给我一个理由……”

写歌的人最无情，听歌的人哭的话，多像一个傻子啊。

后来的几年，虽然时俊和柔山在同一座城市，但几乎没有碰面。为数不多的几面也是寒暑假，晓棠回来了，带上她一起逛街。晓棠爱美，总是花大把的时间做头发，做指甲，时俊和柔山就排排坐着等她。

时俊问：“你无聊吗？”

柔山摇了摇头。她现在长大了，时俊不再喊她小妹了，又不好意思喊她的名字，所以和她说话的时候总是省略称呼。

反倒是后来，他们之间不再隔着杜晓棠的时候，他才喊她的名字。柔山，柔山，带着心碎。他意志消沉，“柔山啊，为什么相爱的人不能到永远。”

说这话的时候，柔山站在他面前，抱着一纸箱子晓棠让她转交的礼物，不知所措。杜晓棠分手干净利落，连最后一面都不愿意见。柔山抱着那只纸箱和时俊僵持在马路上，盒子里装着笔记本、围巾、玩偶、戒指盒、周杰伦的CD……他们的青春记忆没有柔山的位置，却以这样一种方式把她拉扯进去。她想抱一抱时俊，然而双手掣肘，也没有这样的勇气。

2006年，《雏菊》在中国首映，接近午夜两点散场，穿着T恤的时俊和穿着校服的柔山走在寂静的春日夜色里，空气里是那些不知名的花树散发的香气。电影里的爱情感人，杜晓棠期待了很久，只是没想到电影上映时，他们已经不在一起了。时俊有些不明白，这个快要高考的孩子为什么一定要约他出来看这场电影。

就这么一直走着送到柔山学校的外围墙，时俊轻轻托了她一下，她就身手敏捷地翻上了围墙。她坐在略高一些的地方笑着看他，嘴角有两个小小的梨涡。她说："时俊，我喜欢你。我马上要高考了，要到很远很远的地方去读书，所以我想告诉你，我喜欢你。"

时俊愣在那里，等到他回过神来的时候，柔山已经跳下了墙，夜色里只有一堵矮矮的旧墙，探出野樱的花枝，在路灯下，柔和地美丽着。

时俊走回去的路上，想起他和杜晓棠刚分手的时候，收到一条短信，大意是说他很优秀，要加油。现在想来，大概也是这个小家伙发的吧。

小女孩一时的迷恋虽不能称为爱情，但也温暖人心。像春风在这夜晚的街道温暖回旋，沮丧了这么多天，时俊终于发自肺腑地笑了起来。

七月流火，柔山的命运也尘埃落定，如愿被武汉大学录取。狂喜过后也有告别的伤感，她收拾着房间里关于学生时代的一切，也下定了决心要隐藏起对时俊的喜欢，接受永远不会和他在一起的事实，继续过自己的生活。他回复的那一声“谢谢”，温暖无害地收起了他们之间的一切。

珞珈山风光美丽，如一个小小的世外桃源，让人隐起来，安心做个山中人。大学的那几年，柔山最常联系的人还是晓棠，晓棠毕业后留在了北京，和一个志同道合的人恋情稳定，谈及婚嫁。偶尔一次提及时俊，听说他进了父亲的工厂做份闲职，大概走的道路也是相亲、结婚、生子。晓棠评价他太缺乏反抗精神，不是一个有趣的人。“好奇怪，我竟然跟他谈了那么久的恋爱。”

柔山挂上电话，有些伤感。这几年，她也对别人心动过，可那心动太浅了，就只是湖面上荡起的一层涟漪，很快就平静了。这几年虽然没有和时俊联系，可她的爱情观已经形成了，就是那部少年时和时俊一起看的电影，她的爱情也是这样的，老式的、深情的、不善言语的。

年少时候发生的爱情，如果绵延到成年，那就不仅仅是当初的怦然心动了。柔山开始写对时俊的暗恋是在大四，她在上海实习，常常有惊弓之鸟的惶惑，时俊是最温暖的回忆。在没有空调没有暖气的出租屋里，她用冰冷的手写下这么多年对时俊的眷恋。

没有想到论坛上很多人追着看，也没有想到有一天会接到时俊的电话，他的声音睽违多年，像心底的一滴泪。他说：“柔山，你在哪儿，我想来看看你。”

2012年的冬天，上海天气阴冷，且多雨多雪。时俊来看柔山的那天，微微放晴了一会儿，两人都穿着灰色的大衣，从她实习的富民路的这头走到那头。大街小巷都是Adele的歌声，马路上常有人停着两厢车，在后座卖这张碟。时俊停下脚步，买了一张碟送给她，又买了一张，揣回自己的口袋。

这是他们第一次拥有同样的东西，柔山心中踊跃。

实在太冷了，就拐进路边的咖啡馆坐下喝一杯，面对面坐着，玻璃窗外下起了很薄的雪。他们对视笑了一下，大概是想起了年少时一起在枕草子的时光。

“枕草子还在吗？”柔山问。

“还在。只是老板换了。你下次回来我带你去。”

柔山和时俊之间，隔绝掉杜晓棠的话题，其实并没有什么共同的过往可供闲话，所以他们的这次聚首，大多数时候都是沉默着。在这里用了简餐，咖啡师拿来酒单，推荐莫吉托。说海明威的《老人与海》中专门有一章写到这个，它也因海明威而世界闻名。

多好的故事，他们对饮了几杯，窗外的天黑透，雪落无声。室内音乐声若有似无，*Someone Like You*唱得人泫然欲泣。

时俊要赶夜班火车，在此和柔山告别。轻轻拥抱了一下，时俊问："你还会回来吗？"

柔山点头，"会的。你再带我去枕草子。像从前一样。"

令人费解啊，从前短暂的相遇，却这样令人念念不忘。不过深情的人令世界可爱。

两年后，柔山回到家乡，做了镇中学的英语老师。母亲终于能插手她的婚事，先后安排了几个工作安稳、老实巴交的人跟她相亲。

不是自己选的爱情，像吃无公害的蔬菜，对身体无害，却伤及灵魂，彻底坏了对爱情的胃口。

不想去找时俊，现实令人沮丧。

然而这只是一个小县城，总会和时俊相遇。在一个香气弥漫的早点铺看见他的侧脸。他开着他妈妈的老奔驰，皱着眉等拥堵的人走过。三十岁的时俊还是一个好看的男人，只是还是一种混着的状态，名声也变得不大好，大概是他相亲了很多女孩，又不给别人结果。

柔山有些踌躇，不知道该不该喊他一声。是时俊在后视镜里看到她，大步走下来，眼睛里有久别的喜悦，"你回来啦。"

"嗯，回来了，不走了。"

是什么时候正式和时俊在一起的呢？可能是一起去吃海鲜，路滑他拉了她的手，就没有放开；也可能是一起去枕草子，夜半时分，他轻轻吻了在吊灯下闭眼假寐的她……和时俊在一起，自然得像每一个季节的花开。

父母自然反对，于是偷偷约会，从不高的二楼小阳台爬下来，满天的星斗。两人一起在车里听Adele的旧碟，恍如隔世，相拥而眠。

已在北京定居的晓棠听说他们的消息，打电话过来，“柔山，你不介意我们的过去就好。我祝福你。时俊是个好人，只是大多数时候容易让人失望。你要能承受这种失望。”

人生就是这样振奋与失望参半吧，爱一个人就是要承受他生命中的碎片。

那天清晨醒来，柔山伸出手在床头摸眼镜，突然愣了一下，手指摸到了一个细小的、硌人的东西，是一枚小小的戒指，旁边还放着一小把茉莉，白如月牙，香如尘梦。

柔山探出窗户，时俊的车停在楼下。昨夜下过雨，车顶蒙了一层落花。

她清清白白的恋人，从杏花微雨里走出来。

后记

我们气象峥嵘地爱过

一定要出书。这个念头像一次漫长的心动，从2010年北方的黄昏，跳到了2015年台风“灿鸿”登陆，于是有了这本短篇合集。28个故事，用一句话描述最合适：“我们气象峥嵘地爱过，也偃旗息鼓地败北。”

还记得，我第一次写这些故事的情景，那时候我大二，在徐州念大学，身边还没有什么朋友，常常一个人待在那座老而旧的图书馆里，靠着暖气片看书、写字。冬天的时候总是会带两个橙子放着，水在暖气管道里咕噜咕噜的，空气里就有很淡的橙子香气。一个人在方格纸上慢慢地写，写了不少，现在回过头看，觉得格外亲切，像我青春里的老人。

现在我二十七岁了，青春的尾巴，开始吃胶原蛋白、各类维生素，定期登录魅途约人下班后跑步。用脚步丈量过的城市越来越熟悉，觉得自己像一棵树，扎进了这里，再也不想走了。想起刚入行时，编辑跟我说这一行排资论辈是很严格的，所以你要努力地写，不要断。就一直埋首写到了今天。大概也没有什么出色的成绩，但对我个人是光荣的，而你们给我的爱，也是我的荣光。写作者和读者，也是至亲至疏的关系，也许在某个时候，我触动到了你，那个当下，我们是亲密的。而过后，我们依然在各自的生活里，心平气静地长成一个大人。你温暖不了我，我也帮不了你。很多人问我："爱是什么？你还信爱情吗？"这样的问题，答案没有办法说。就像我曾经去过一个寺庙，小师父说："我们这里有一棵四百多年的皂荚树，不去看看吗？"我端起清香的茶水，心向往，但并没有起身去看。

爱是什么？是落子无悔，是雪落故人，是尽欢而散，终感悲凉，还是桐花万里路，连朝语不息？

这些故事里也许有答案。只是有时我也迷惑，我们从未在一起过，和最后我们没有在一起，哪个更令人遗憾一些？也许是无解的，像我最爱的马頔的那首《南山南》，大梦初醒荒唐了我这一生。

我只过了小半生，收获一句“冷峻而温暖”的评价，弥足珍贵。往后的日子大概很少会再这么提起爱与遗憾，因为轮回到这里，彼此相望，各生慈悲心肠。

好的爱，一定是带有一些佛性的。如来一样的心，金刚一样的心。温柔而坚强。

而这世上失落的爱，也真的太多太多，你们只是没有并肩的英勇，经过就好，不要哭。

这本书最后一个故事写少年情事，是一个很美好的结局。

柔山探出窗户，时俊的车停在楼下。昨夜下过雨，车顶蒙了一层落花。

她清清白白的恋人，从杏花微雨里走出来。

也是我对你们的祝福。愿你我想起那个爱着的人，还是怦然心动。

陆小寒

2015年8月1日22：00于无锡